# Le secret

Du même auteur
*aux Éditions J'ai lu*

Le chef-d'œuvre, *J'ai lu* 7744

Anna Enquist

# Le secret

Traduit du néerlandais
par Micheline Goche

J'AI LU

*Titre original :*
HET GEHEIM
Publié par Uitgeverij de Arbeiderspers

# I

# 1

Le piano à queue, suspendu dans l'air, se détachait, telle une côtelette grillée, sur les sommets enneigés. Entre le bois noir verni et les câbles qui enserraient l'instrument, on avait glissé une couverture grise. La grue jaune, qui dominait la maison comme un géant raide et manchot, amorça la lente descente de sa charge. Arrivé juste au-dessus du balcon, le piano, planant, oscillait doucement. Les câbles craquaient légèrement, l'élévateur électrique vrombissait, le soleil brillait.

En bas, dans l'ombre des maisons, la base de la grue occupait toute la largeur de la rue en pente. Une traverse à section carrée avait été glissée contre ses roues arrière.

Quand le piano se fut complètement immobilisé, les gens recommencèrent à parler, les enfants et les chiens se mirent à courir de toutes parts, de fortes femmes posèrent leurs paniers de légumes et levèrent le nez.

Les déménageurs étaient au nombre de trois. L'un d'eux actionnait la grue, les deux autres entrèrent dans la maison, portant sous le bras les pieds massifs du piano.

La porte de la maison resta ouverte. Une roulette effleura le bois de chêne naturel du vantail. Lorsque l'un des hommes revint chercher le chariot, le trottoir grouillait d'enfants.

Alors, les portes du balcon s'ouvrirent brusquement et le deuxième homme apparut soudain entre les fleurs bleues. Il promena son regard au-delà des toits d'ardoise, des prairies en pente douce, des terrasses aux parapets de pierre grise ; il aperçut, çà et là, quelque vache malingre et, dans le fond de la vallée, l'étroit filet d'argent de la rivière.

"Je le fais descendre", cria le grutier.

L'homme au chariot apparut également sur le balcon ; les deux déménageurs attendirent, bras tendus, puis ils s'étirèrent vers le haut pour saisir l'instrument qu'ils firent descendre lentement sur le chariot.

La grue releva son bras muni du câble et du lourd crochet, abandonnant sur le balcon le piano, tel un encombrant fardeau.

Quelqu'un, de l'intérieur, ouvrit plus largement les portes du balcon. Des rideaux blancs, pris dans le courant d'air, voletèrent vers l'extérieur. Les hommes en blouse bleue s'incurvèrent de chaque côté de l'instrument qui, balançant de droite et de gauche, fut poussé dans la pièce sur deux planches parallèles.

En bas, les enfants exultaient. Les portes se refermèrent.

## 2

L'espace, qui avait exactement les bonnes dimensions, est devenu trop exigu. Fini la tranquillité ; le *te-dounc, te-dounc* qui imprégnait tout est submergé par un murmure grandissant. Quelque chose est en train de se terminer. C'est perdu, perdu.

Le médecin libère la petite tête aux yeux solidement fermés et accompagne avec précaution la sortie d'une épaule, puis de l'autre. Le tablier de caoutchouc bat contre ses tibias lorsqu'il recule d'un pas pour soulever l'enfant.

"Une jolie petite fille !"

Claquement de métal sur le marbre, des ciseaux sur l'évier, raclement de fers de chaussures sur la pierre, clapotis d'eau dans un lavabo au loin, pas comme avant, pas comme avant. Il y a une lumière aveuglante, l'espace est soudain confiné par un vent froid et des mains chaudes, il n'y a pas d'air, pas d'air.

Pieds par-dessus tête, l'enfant est suspendu dans la pièce, au-dessus des jambes écartées de la mère. Le combat entre pesanteur et mauvaise volonté s'éternise, tandis que l'assistance retient son souffle, les yeux fixés sur le petit visage rougeoyant. Puis l'enfant se met à pleurer.

L'infirmière a lavé le bébé et l'a enveloppé dans un carré de flanelle. Elle le met dans les bras d'Emma

Dirique, la petite tête posée dans le creux du coude gauche de la mère qui, de la main droite, écarte de son visage ses cheveux blonds mouillés de sueur.

Très faiblement, l'enfant entend un bruit familier : *te-dounc, te-dounc*. Le petit visage se détend et les yeux s'ouvrent, profonds étangs gris-bleu, pense Emma. C'est mon enfant, ma fille, ma fille.

Egbert Dirique embrasse sa femme. Pendant l'accouchement, il est resté assis dans le couloir, regardant alternativement les gens qui passaient et sa montre, qui retomba dans son gousset, lorsque l'infirmière sortit enfin de la salle et qu'Egbert se leva, rajustant son veston. Sans dire un mot, il entra. Le médecin, qu'on venait de débarrasser de son tablier, lui tendit la main.

"Félicitations, monsieur Dirique, félicitations ! Une fille en bonne santé, trois kilos et demi, cinquante-deux centimètres et la respiration s'est établie spontanément, on ne pouvait rêver mieux."

Egbert jeta un regard sur les formulaires posés sur le bureau. Il lut à l'envers : *Père : Egbert Dirique, conseiller à Leyde. Mère : Emma Dirique, née Orlebeke, sans profession. Date de naissance : 18 avril 1933, 9h15.*

"Vous pouvez rejoindre votre femme maintenant, sa toilette est terminée", dit l'infirmière. Il se retourna, embarrassé, aveuglé par la lumière vive. Emma était assise dans le haut du lit, une tache noire contre son sein gauche.

"Elle s'appelle Dora, cela m'est venu tout de suite. Dora Dirique, un beau nom ! Tu ne trouves pas qu'elle est jolie, Eg, dis quelque chose ?"

Egbert se lève du petit tabouret inconfortable et se penche sur le lit. Il approche sa main fine et soignée de la petite tête de l'enfant, comme s'il voulait la caresser. Son visage aux lunettes cerclées d'or est à cinq centimètres de la bouche d'Emma. Elle y pose un baiser.

“Ça va, Emma ? Tu te sens bien ? Je me disais que tu devais souffrir, ça a duré si longtemps. Comme il est foncé, ce bébé, ses cheveux sont presque noirs.

— Ça, c’est le duvet” ; l’infirmière, qui vide les cuvettes, a crié pour couvrir le bruit de l’eau. “Il va tomber pour faire place aux vrais cheveux. Mais cela prend parfois un certain temps, l’enfant est chauve en attendant.”

Emma et Egbert se regardent. Le bébé plisse le visage, il remue ses petites mains dont les doigts aux phalanges ridées et aux ongles nacrés semblent trop grands.

Grossir et s’étendre sans plus aucune résistance. La tête s’arrondit, ça craque et ça crisse à chaque mouvement. Un malaise intense au plus profond de soi, au noyau. Un manque qui fait s’ouvrir toute grande la bouche, un désir qui devient un cri. Angoisse. Silence. Puis, de nouveau, le vide douloureux qu’il faut hurler. Rugir, battre l’air de ses mains toutes neuves, si librement, si aisément. Battre contre cette chose douce et chaude, entourer de sa bouche ce qui est fait pour elle, cogner et battre, battre jusqu’à ce que le vide soit comblé à satiété de bercements, de tétées, de chansons.

“Elle boit”, dit Emma avec fierté. Egbert essuie ses lunettes avec son mouchoir. Il embrasse sa femme dans les cheveux et sort de la chambre.

# 3

Bau Kraggenburg était fatigué. Tout au long de cette chaude journée d'été, il avait assisté à une réunion dans un immeuble de bureaux pourvu de l'air conditionné. Il avait la bouche sèche et le nez irrité. Lorsque, à six heures et demie, il entendit la porte se fermer violemment derrière lui, il perçut la légère odeur de pourriture qui planait au-dessus du parking et il tourna le visage vers le soleil. Vers la maison. Il posa le lourd sac à côté de lui sur la banquette avant. Il n'avait pas envie de prendre la voie rapide, il poursuivit donc sa route sur l'ancienne chaussée, attendant patiemment aux nombreux feux rouges, jouissant du spectacle des prairies et des cours d'eau du Vliet, par Voorburg et Leidschendam, en direction de Voorshoren.

Dans le jardin, toutes les plantes avaient un peu trop poussé et l'herbe était trop sèche. Il ouvrit les portes de la terrasse, extirpa ses pieds de ses chaussures sans en défaire les lacets et sortit une bouteille d'eau minérale du réfrigérateur. Un petit fond de whisky. Des glaçons. Le journal.

Seul à la maison pendant deux semaines. S'il avait eu vingt ans de moins, il aurait rempli les soirées de rendez-vous difficiles à justifier, de toutes les choses dont il voulait éviter la blessure à Johanna. D'excès de boissons et de cendriers pleins dans la chambre à coucher. Maintenant qu'il avait passé la soixantaine, il était assis sur la terrasse, épuisé. Content de ne plus pratiquer la médecine, de ne pas être de service, de ne pas devoir assurer l'accueil des patients. Vive la fonction d'inspecteur, plutôt lire trois épais rapports que prendre la voiture au milieu de la nuit pour se rendre au chevet d'un malade qui souffrait et l'attendait.

Johanna travaillait toujours autant qu'avant, dans un domaine paramédical, comme lui. Elle représentait une grande entreprise psychopharmaceutique. Elle était allée passer quinze jours à Stockholm et Copenhague pour convaincre des collègues de la supériorité de ses nouveaux antidépresseurs. Johanna avait sept ans de moins que Bau et n'avait jamais eu besoin de ses propres médicaments.

Il n'y avait pas de vent. Le pommier dispensait une ombre bienfaisante. Bau prit la première gorgée de whisky. Le titre du journal était imprimé en grosses lettres noires. En dessous, un croquis stylisé de deux mains entrelacées surmontait ce sous-titre : "Le *Leidsche Courant* tend une main secourable", qui fit ricaner Bau pour la énième fois. Il se mit à tourner lentement les pages. Une photo du Rapenburg couvert de nénuphars. Exposition de reptiles au Hortus. Le prix des haricots verts au marché aux légumes. Art. Informations musicales. Il plia le journal en deux et commença à lire.

SOMMET DE L'ART PIANISTIQUE
NÉERLANDAIS GRAVÉ SUR CD

> Le paysage de la technique néerlandaise du clavier présente très peu de sommets élevés. À chaque génération, un seul virtuose s'est fait également un nom à l'étranger, mais les Pays-Bas n'ont jamais donné le ton dans ce domaine. Ces quelques personnalités isolées ont toujours présenté moins d'intérêt que le courant sous-jacent de pianistes tels que Goud, Biermans et Laagland, certes rarement connus hors de nos frontières, mais dont la conception originale de leur métier exerçait une certaine fascination. Dora Dirique fait incontestablement partie de ce groupe ; mais, à la différence de ses collègues, elle

fut rangée, dans les années soixante-dix, au plan international également, parmi les artistes les plus éminents. Son répertoire pour piano solo, gravé sur LP par DGG, figure sûrement encore dans la discothèque de tout mélomane d'un certain âge. Dirique était surtout connue pour son interprétation des variations où elle savait, mieux que quiconque, respecter la ligne mélodique générale de compositions fragmentées telles que *Études-Tableaux* de Rachmaninov et les Préludes de Chopin, sa prestation la plus magistrale.

DGG avait conclu un contrat avec elle et projetait d'éditer un premier CD comportant ces *Préludes* et les *Variations Goldberg* de Bach. Hélas, Dora Dirique s'est vue contrainte de résilier ce contrat, lorsque, au début des années quatre-vingt, la maladie l'obligea à se retirer de la vie musicale.

Les versions que l'on peut écouter actuellement sur CD ont été reprises des anciens enregistrements. Elles nous donnent à entendre un jeu pianistique passionné, enflammé quoique maîtrisé, doublé d'une technique parfaite, toujours mise au service de la musique. Au cours des prochaines années, tous les six mois, DGG mettra sur le marché un nouveau CD reprenant d'anciennes prestations de cette énigmatique artiste. Un must !

Dora. Bau était abasourdi. Il posa le journal sur la table. Faut-il se tenir au courant des heurs et malheurs de ses ex-épouses ? Plutôt non, sans doute. Plus jamais, il n'était arrivé à écouter vraiment sa musique, il ne pouvait plus la supporter. Dora. Il la croyait en Amérique. Comment s'appelait déjà ce roublard, son imprésario ? Il lui téléphonerait le lendemain. Puisque Johanna n'était pas là.

Il se leva et s'étira. Il était presque huit heures et pourtant le bleu du ciel était si vif que ses yeux se remplirent soudain de larmes.

# 4

Au sol du hall, les dalles sont lisses et douces, noires et blanches. Seule la langue permet de sentir où le carreau noir jouxte le blanc. C'est rugueux. Le matin, Stina nettoie le hall à l'eau savonneuse. Ensuite, à l'aide d'un chiffon découpé dans une vieille couverture, elle frotte les dalles pour les faire briller. Stina est agenouillée. Dora est couchée par terre à côté d'elle.

"Viens", dit Stina ; Dora peut alors s'asseoir sur le large dos et Stina est le cheval. Le soleil, qui luit à travers la vitre colorée surmontant la porte, fait des taches liquides sur le sol. Les ronds de lumière glissent d'une dalle à l'autre. Ils grimpent le long du porte-parapluies noir, frôlent les patères, colorent le manteau de Dora et, plus haut, ceux de maman. Papa porte le sien sur lui, il est parti au travail ce matin.

Dans la cuisine, elles boivent du café et du lait. Dora, maman et Stina. Sur la grande table, il y a des couteaux, des fourchettes et des cuillers. C'est le jour de l'astiquage. Maman et Stina frottent les fourchettes jusqu'à ce qu'elles brillent comme un miroir au soleil. Dora reçoit un chiffon de flanelle pour nettoyer sa fourchette et sa cuiller personnelles. Elle s'appuie au giron d'Emma et hume l'odeur du tablier de coton tout frais, du produit à récurer, du parfum de maman.

Les femmes rient ensemble. Cet après-midi, maman doit répéter et Dora restera avec Stina. Elles iront cueillir des haricots dans le potager et longeront ensemble les framboisiers où elles trouveront peut-être assez de fruits pour le repas du soir. Au fond du jardin, il y a des poiriers et des pruniers. Le sol est jonché de petites poires dures, que Dora rassemble dans le berceau de sa poupée.

C'est le côté ensoleillé de la maison.

Du hall au damier noir et blanc, un escalier sombre conduit aux étages. Là se trouve le bureau de papa, où se mêlent les odeurs du tabac et des papiers. Dora ne peut y entrer. Lorsque Stina le nettoie, elle doit attendre dans le couloir. Elle court impatiemment de long en large, alors c'est elle le cheval qui se cabre et galope.

Dans le potager, on peut se coucher entre les haies de framboisiers, sur un long lit d'herbe. Les framboises sont des points sombres qui se détachent sur la verdure, plus on les regarde, plus elles sont nombreuses et grosses.

Dans le ciel, entre les deux murs verts, dérivent des nuages qui composent un tableau toujours changeant. Dora entend les haricots tomber dans le seau, *ploc*. Le bruit s'assourdit à mesure que le seau se remplit. Fermer les yeux. Elle est réveillée par le rire guttural de Stina.

"Tu peux venir, ils sont partis tous les deux, je suis seule avec la petite."

Un objet lourd heurte le sol. Dora entend un cliquetis semblable à celui d'une serrure de valise qui saute, puis un profond et long soupir.

"Je vais nous préparer quelque chose à boire, dit Stina, installe-toi."

Tout à l'heure, je me lèverai, pense Dora, tout à l'heure, j'irai voir qui est là.

Une chanson traverse le jardin, portée par le vent ; Dora gît, comme paralysée, entre les arbrisseaux. C'est une chanson qui va et vient, une berceuse, soutenue par un bourdon qui pousse toujours plus loin la mélodie. On dirait le disque de papa, et pourtant non. C'est une musique qu'on est en train de jouer, mais ce n'est pas du piano.

Dora se lève et sort en courant du potager. Un homme portant une casquette est assis sur le banc adossé au mur de la cuisine. Il a, sur les genoux, une espèce de boîte qu'il étire et resserre alternativement. Sur l'un des côtés, est fixé un petit piano vertical sur lequel il joue, d'une main, sans regarder. De l'autre côté de la boîte coulissante, il y a une double rangée de boutons.

L'homme frappe du pied sur le sol, au rythme de la chanson. Dora court vers lui et freine brusquement à un mètre de distance. Stina sort de la cuisine, une cruche de limonade à la main.

"Viens voir, chérie, ça va vraiment te plaire ! Voici Koos et son accordéon.

— Accord", murmure Dora. Exactement le mot qui convient. Elle s'approche de Koos pour mieux entendre l'instrument.

L'homme la regarde. Il a des yeux grisâtres dans un visage parfaitement brun. Il lui fait un clin d'œil. Chaque fois que la musique atteint le point de retour, il reste un instant en suspension, puis laisse redescendre la mélodie.

Stina sert la limonade. Elle prend place à côté de Koos sur le banc.

Dora s'assied en face de l'accordéon, sur le sol.

Avant le retour de papa, Dora mange dans la cuisine avec Stina. Celle-ci met un doigt sur ses lèvres : "Silence, hein ! Koos est notre secret, tu ne dois le dire à personne."

Dora met aussi ses doigts devant sa bouche et acquiesce d'un signe de tête. Elle se balance de droite et de gauche et fredonne la chanson qu'elle a entendue dans le jardin.

Dans la salle à manger, se dressent les chaises droites recouvertes de leur douce étoffe. Celle de papa possède des accoudoirs sur lesquels il pose les bras. Dora a pris son bain et va s'asseoir sur les genoux de maman. Il y a un plat de framboises sur la table. Papa regarde le journal. "Tu ne devrais pas faire ça, Emma, pas en ce moment. Ce serait mal interprété.

— Mais c'est de musique qu'il s'agit ? C'est mon métier. Le chef est néerlandais !

— Mais tu chantes en allemand. Tu devrais éviter toute allusion."

Emma ne dit mot. Elle chantonne un air de valse dans les cheveux de Dora.

"Je comprends ce que tu veux dire, Egbert, mais c'est d'ores et déjà convenu et réglé. Nous donnons la *Fledermaus* et, pour la saison prochaine, nous choisirons une opérette française, je te le promets !"

Egbert soupire. Il va s'asseoir sous la lampe de lecture en emportant le journal.

Emma pose les assiettes et les verres sales sur le plateau, tandis que, par les portes coulissantes restées ouvertes, Dora entre dans la pièce qui donne sur le jardin. Celle où se trouve le grand piano noir.

Les trois gros pieds descendent en s'amincissant et atterrissent sur de petites roulettes posées chacune sur une coupelle d'ébène. Lorsqu'on est assis sous le piano, on voit son ventre, non pas noir, mais de la couleur du bois naturel, formé d'épaisses côtes sur lesquelles on a collé un revêtement laqué luisant. Deux câbles d'acier descendent vers les pédales dorées, canalisés par une colonne noire qui se termine un peu au-dessus du sol.

Devant le piano, se trouve un large tabouret que Dora escalade pour atteindre les touches. Le clavier est recouvert d'une sorte de petite couverture, qu'elle retire. Alors s'ouvre le royaume mystérieux du noir et du blanc : îlots alternés de deux et trois touches noires émergeant d'une mer de touches blanches d'ivoire mat. Dora, agenouillée, cherche la chanson qu'elle a entendue cet après-midi, le mouvement berceur d'un son lourd, qu'elle joue à gauche, et de deux sons légers, à droite, au-dessus duquel dansait la mélodie, qu'elle chante en pensée.

Tout à coup, maman est derrière elle et fredonne aussi. À présent, une vraie chanson plane au-dessus du jeu de Dora, pas tout à fait pareille à celle que chantait Koos, mais presque. Maman s'assied au piano et prend Dora sur les genoux. Du pied, elle marque chaque son lourd d'un bref coup de pédale. Le son s'amplifie, vibre encore un moment après que la touche est remontée et se mêle aux notes légères qui le survolent. Maintenant, elle chante à pleine voix : *"Glücklich ist... wer vergisst... was doch nicht zu ändern ist."*

Les mains de maman jouent aussi à présent, amplifiant l'harmonie. Dora, dont les joues se sont empourprées, chante avec sa mère.

"Maintenant, Dora va au lit."

Papa est debout à côté du piano. Il semble vouloir fermer le couvercle et écarter maman de l'instrument. Mais il n'ajoute rien.

Au lit, elle frappe de la main gauche contre le lourd chevet, puis, de la main droite, deux petits coups contre la paroi latérale. Ainsi, elle pose les jalons de la chanson, ainsi, elle peut continuer à chanter sans que personne ne l'entende, sans que papa ne la dérange. Ainsi, elle peut renouveler sans cesse la forme de la chanson, pour la prolonger toujours, toujours.

*
* *

C'est l'été. Dora et maman ont été conduites en voiture à la maison blanche perchée sur une dune, à l'endroit qu'on appelle Monster. On a enlevé du toit un grand pan carré pour faire de la pièce d'angle une terrasse ouverte sur le ciel. Elles y mangent le soir, l'assiette sur les genoux. On voit la mer. Les vagues déferlent si fort qu'elles font la culbute. Ensuite, elles s'étirent sur le sable, aussi loin qu'elles peuvent.

Papa vient parfois. Alors, ils mangent à l'intérieur, à la table recouverte de la nappe à carreaux. Avant cela, elles nettoient, maman utilise le grand balai, Dora, le petit. Elles rassemblent le sable en tas sur les dalles rouges. Le plus souvent, papa n'est pas là. Dora, couchée dans son lit, écoute les vagues et maman lit sur la terrasse.

Sur la plage, il y a un fauteuil d'osier qui ressemble à une petite chambre. On peut facilement s'y asseoir à deux. Maman s'y installe aussi pour lire pendant que Dora joue près de l'eau. Il y a beaucoup de fauteuils semblables sur la plage. Le leur a des coussins d'un bleu vif, qui apparaît des deux côtés de la robe blanche de maman. De temps en temps, Dora lève les yeux pour voir si le fauteuil est toujours là.

"Allons boire quelque chose", dit maman. Les sandales à la main, elles marchent dans le sable fin vers l'escalier. Sur les degrés du bas, il y a encore beaucoup de sable, mais, à mesure qu'on monte, on sent le bois au travers. Au haut de l'escalier, il faut mettre les chaussures. Les grains de sable éraflent la peau. Elles marchent sur le boulevard en direction de la terrasse de café. Les petites tables rondes sont entourées de chaises blanches dont le dossier est fait de barreaux de fer torsadés. Dora observe les moineaux qui volent de chaise en chaise, à la recherche de restes de nourriture.

Un verre d'orangeade, un pot de thé.

"Puis-je téléphoner ?" demande maman au garçon.

Je reviens tout de suite, a-t-elle dit. Les volutes de fer font mal au cou. Un moineau vient se poser sur le plat à cake, ses petites pattes noires serrées autour du bord, pareilles à des fils. L'oiseau picore dans le gâteau et tourne la tête de côté comme s'il s'adressait à Dora. Rester assise. Ne pas faire de bruit. Je reviens tout de suite.

Dans la maison blanche sur la dune, maman est sous la douche. Elle chante. Devant le petit miroir de la chambre à coucher, elle relève ses cheveux. Il y a un truc qui sent très bon sur ses joues. Rouge à lèvres. Elle mord dans son mouchoir, marqué maintenant d'une bouche faite de deux petits traits rouges. "Tiens, c'est pour toi. On va aussi se mettre un peu de parfum."

Dora inspire profondément. Ce n'est pas comme d'habitude, il se passe quelque chose, il y a une certaine nervosité.

"Papa vient tout à l'heure ?

— Non, il ne reviendra que samedi. Aujourd'hui, c'est jeudi."

Maman jette un coup d'œil au miroir. Elle se lèche un doigt et le passe sur ses sourcils.

Les rideaux sont bleu foncé. En dessous, passe un rai de lumière qui caresse le lit de Dora. Ici, ce n'est pas comme à la maison, mais, si on fredonne un petit air, tout redevient familier. Elle chantonne doucement, d'abord avec le drap au-dessus de la tête puis à haute voix, à travers toute la chambre. La chanson n'a pas de paroles.

Lorsque Dora se réveille, plus aucune lueur ne passe sous les rideaux. Se redresser. Escalader le bord du lit.

"Maman ?"

Il fait sombre dans le couloir. Dora a envie de faire pipi, mais l'interrupteur des toilettes est trop haut et, sans lumière, c'est angoissant. Dans la chambre, il n'y a personne. Dora ouvre la porte qui donne sur la terrasse. Rien. La mer murmure, les vagues roulent très doucement, maintenant qu'il fait nuit. Dans le lointain, brillent les lumières du boulevard. Elle escalade le petit mur de pierre et se retrouve sur le sentier. Les brisures de coquillages lui font mal aux pieds. Dora court si vite que les lumières se rapprochent rapidement.

Les pavés gris du boulevard sont glissants. Les terrasses sont éclairées, toutes les portes sont ouvertes. Les passants parlent fort entre eux. Dora s'assied sur le trottoir. Elle pose sa tête sur ses genoux. Du restaurant, derrière elle, lui parvient de la musique. L'air est chaud.

Soudain, maman est près d'elle sur le trottoir. Dora pose la tête sur le fin tissu de sa robe. Elle pleure. De gros filets de morve lui sortent du nez.

Dora ne peut plus se retenir. Un petit ruisseau coule entre ses pieds, le liquide s'insinue entre les grains de sable. Le pantalon de pyjama est trempé. Maman prend Dora et l'emporte à la maison. Ses hauts talons raclent les coquillages du sentier. À chaque pas, Dora sent des ongles durs lui piquer les cuisses.

# 5

Après avoir vissé les pieds du piano, les déménageurs demandèrent à Dora où ils devaient le placer. Sans mot dire, elle leur indiqua la tenture tendue devant les portes du balcon.

Dans la cuisine, elle fit du café pour les hommes et chercha de la monnaie pour le pourboire. Ils burent à peine ; ils conversèrent entre eux, joyeusement et sur un débit rapide, en fumant des cigarettes fortes. Assise sur une chaise, Dora se massait les articulations des pouces. Elle portait le regard au-delà des hommes, sur la chambre.

Maintenant qu'elle vivait en France, elle avait, en fait, été obligée d'acheter un Pleyel. Mais elle ne pouvait supporter ce son léger. Maniérisme, superficialité. En réalité, elle aimait les instruments au nom allemand : Schirmer, Bechstein, et surtout Bösendorfer. Steinway est devenu trop lisse, trop dur. Mais, certes, fiable.

Attendre que ces gars s'en aillent. Tant qu'ils étaient là, elle ressemblait bien à une pianiste, impatiente d'aller s'asseoir devant l'instrument. Mais il n'en était rien. Elle ne savait plus ce que c'était que s'installer au piano avec un air en tête, avec un plan de conduite des bras et des doigts. Peut-être le savait-elle encore, mais n'en éprouvait-elle plus la sensation.

Se lever, serrer des mains, prononcer des paroles de remerciements, descendre l'escalier. En bas, Dora donna une fois encore la main aux déménageurs avant de refermer la lourde porte sur eux.

Elle remonta lentement les marches et ferma la porte de la chambre derrière elle, bien qu'il n'y ait personne dans la maison. L'instrument noir occupait au moins un tiers de la pièce. Quelle folie elle avait faite, quelle folie d'avoir dépensé autant d'argent pour cet objet, cet appareil, ce monstre. Des déménageurs, un grutier, la semaine prochaine, un accordeur. L'enfer ! Comme si elle pouvait jouer avec ces mains tordues, s'asseoir avec son dos déformé sur un tabouret sans dossier. Pourquoi n'avait-elle pas laissé les choses en l'état ? Si la musique lui manquait, il lui restait toujours la possibilité de lire une partition, au besoin d'écouter un disque. Elle s'assit sur le canapé et fixa le piano. Ses poignets et ses pouces lui faisaient mal, elle tira sur les manches de son pull pour y enfouir ses mains qu'elle plaça sous ses aisselles.

Autrefois, lorsqu'elle souffrait de migraines, de douleurs musculaires ou autres, celles-ci disparaissaient quand elle jouait.

Non par une guérison miraculeuse due à la force mystérieuse de la musique, mais grâce à l'exercice et au mouvement qui dissipaient tout désagrément. En vingt minutes, elle éliminait un torticolis en jouant de longs arpèges en mouvement contraire. Exercices exécutés dans la solitude, car non destinés à être entendus. Bau était le seul qui aimait les écouter, car il était intrigué par leur aspect de performance gymnastique. Il entendait les sons s'amplifier, il entendait la vitesse croître comme au démarrage d'une locomotive, disait-il.

C'était le travail quotidien. S'asseoir, sentir si le tabouret était à la bonne hauteur. Ce qui s'évalue au demi-millimètre près, sans aucun doute possible. Cependant, au cours des années, elle en avait modifié la hauteur à plusieurs reprises. Une position élevée donne plus de puissance et de maîtrise et permet d'enfoncer les touches de toute la force des bras. Mais, si l'on est trop haut, le son est creux et forcé, on ne tombe plus naturellement, on pousse et on frappe. Le dos n'a aucune liberté de mouvement. Plus bas, donc. Avantage : les mains sont suspendues au clavier, le plus beau legato naît sans effort, car les doigts collent à l'ivoire. Si sa chaise est basse, le pianiste a une parfaite conscience de ses coudes. Mais ceux-ci finissent par lui piquer le ventre, l'obligeant à remonter son tabouret. La position du siège représente un compromis : le pianiste doit le régler assez bas pour sentir le poids de ses avant-bras et assez haut pour avoir une vue d'ensemble du champ d'action.

Un peu plus en arrière sur les fesses. Le sexe en contact avec le siège. Les talons au sol, le pied droit levé souplement vers la pédale, de préférence déchaussé, pour que l'éminence du pied et le début des orteils soient en contact direct avec le métal, avec cette sorte de cuiller retournée appuyée contre la plante. Etirer la colonne vertébrale vers le haut, non pas creuse mais droite comme un cierge, en équilibre au-dessus du bassin, lever les bras en l'air, très haut, puis les laisser retomber, rouler les épaules pour les détendre ; maintenant, le cou est entièrement libre, la tête peut penser et les mains sont prêtes à remplir leur office.

Avec prudence, Dora roula ses poignets en tous sens et observa les articulations enflées. Ses mains sont devenues des serviteurs désobéissants ; demain elle les punira en les plongeant dans une eau brûlante et malodorante.

Elle longea le piano sans le toucher et ouvrit les portes du balcon. Le village reposait calmement dans l'embrasement d'un jaune intense du soleil couchant ; du café parvenaient des voix et un vague tintement de vaisselle ; plus loin, tout le long de la vallée, c'était le silence. Elle se mit à distribuer à la lavande, au thym et au romarin l'eau contenue dans un léger arrosoir de plastique. Puis elle alla s'asseoir parmi les pots odorants, tournant le dos à la chambre et à son noir intrus.

## 6

Le théâtre possède deux escaliers de marbre qui s'incurvent vers le haut en serpentant et se rencontrent sur le palier. Celui-ci est surmonté d'un lustre composé de mille petits morceaux de verre qui réfractent la lumière en tous sens.

C'est là que Dora se rend avec son père. Egbert Dirique achète un programme sous l'escalier. Il sort les billets de la poche de son veston, jette un coup d'œil à sa montre en or et range à nouveau le tout. "Nous avons de bonnes places, au premier balcon."

À longues enjambées, il survole l'escalier, le regard tourné vers la porte d'accès au balcon. Les gens qui l'observent dans l'intention de le saluer détournent les yeux et réajustent leur coiffure ou leurs lunettes. Dora grimpe aussi vite qu'elle le peut derrière son père. Ses souliers vernis lui serrent les pieds. Elle porte une robe de velours bleu sombre, garnie d'un petit col blanc que Stina a repassé hier.

Elle voudrait bien rester encore un peu à regarder les gens, le lustre et les tableaux ornant les murs qui représentent des chanteurs en costume. Avant que papa ne l'entraîne dans la salle, elle voit entrer, en bas, un homme de grande taille, seul. Il quitte son manteau par légères saccades et met le cap sur le vestiaire. Sa chevelure noire et bouclée se raréfie sur le sommet de sa tête. Il lève les yeux et surprend le regard de Dora. M. De Léon ! Ils échangent un sourire.

La salle est encore éclairée. Dora et son père gagnent leurs places, au premier rang du balcon. Il y a une rambarde dorée à laquelle on peut se tenir.

“Fais attention à ne rien laisser tomber”, dit papa.

Il lit le programme. Il y a une photo de maman dedans. Son visage est très lisse, elle tient la tête penchée et sourit. Tout au fond, on voit une photo plus petite de M. De Léon. “Il joue aussi ? demande Dora.

— Il est répétiteur. Il exerce les chanteurs avant le concert. Plus tard, quand l'orchestre est là, il ne doit plus jouer.”

Dora opine. Aussi loin qu'elle se souvienne, M. De Léon vient deux fois par semaine, l'après-midi, pour exercer maman. Alors, on ferme les portes coulissantes qui donnent sur la salle à manger et, derrière, retentissent les plus beaux airs que l'on puisse imaginer.

En général, Dora colle son oreille contre la porte. Parfois, le piano s'arrête brusquement et maman et son pianiste se parlent doucement. À la fin de l'après-midi, on prend le thé ; ensuite, Dora est autorisée à jouer le rôle du public, et maman et M. De Léon exécutent les airs qu'ils viennent de répéter.

“Je ne chante pas, tu sais, dit quelquefois maman, je ne suis pas encore prête.”

Alors M. De Léon joue seul, tandis que maman et Dora écoutent, assises côte à côte sur le canapé.

“Le rondo de Mozart, Max, le beau en *la*, tu veux bien le jouer ?”

Une mélodie lente et triste se déroule dans la pièce, un air qui s'orne toujours plus de fioritures, s'égare, se perd dans des profondeurs, mais réapparaît toujours et poursuit son chant solitaire jusqu'au bout. Dora soupire et ne dit mot.

Les lumières de la salle s'éteignent. Dans la fosse, les musiciens sont prêts à se lever à l'entrée du chef. L'histoire est trop compliquée à raconter, a dit papa. Il s'agit d'un coiffeur espagnol. Maman est une petite fille confiée à la garde d'un vieux monsieur. Un homme est amoureux d'elle, mais elle en aime un autre. Dora n'en a que faire, elle écoute l'ouverture, immobile sur son fauteuil de peluche. Il est presque dommage que le rideau s'ouvre, il faudrait fermer les yeux pour n'entendre que les voix, sans être distrait par les évolutions des danseurs sur la scène.

Un homme, dont la voix forte traverse la salle jusqu'en ses coins les plus reculés, se tient debout sur une table, une guitare à la main. On dirait qu'il en joue, mais il n'en est rien, dans la fosse d'orchestre, les violonistes grattent les cordes de leur instrument. L'homme chante. Maman apparaît à la fenêtre, elle reprend le même air déchirant. Soudain, quelqu'un l'entraîne vers le rideau. Elle pousse des cris perçants.

Papa donne les jumelles à Dora. Aussitôt, la scène entière est toute proche. Elle tourne un peu la tête et aperçoit tout à coup le visage de M. De Léon, dans les premiers rangs. Ses yeux sombres brillent. Il les garde levés vers la scène.

Dora attend que le chant revienne, en vain. On tourmente quelqu'un, on le met dans un cercueil contre sa volonté ; le chœur est entré en scène et chante au grand complet un air ironique à l'adresse de l'homme désemparé ; sans qu'il y comprenne rien, on emporte celui-ci dans le cercueil, il se redresse et tente de protester, mais n'arrive pas à couvrir les voix fortes des chanteurs.

Puis, c'est l'entracte. Ils voient M. De Léon se hâter vers la petite porte qui s'ouvre sous la scène. Papa tire Dora par le bras : "Viens, nous y allons !

— Ce n'est que l'entracte !

— Il est l'heure d'aller au lit."

Papa se fraie un chemin parmi les gens bien habillés, traînant Dora derrière lui. Puis ils se retrouvent dans l'air froid du soir et les portes du théâtre se referment sur eux.

*

* *

“Non, je ne prends pas de café, merci.”

Emma sourit et pose un bras sur son ventre. Egbert, la cafetière à la main, se penche sur son épaule et l'embrasse. Il sourit aussi.

“Je peux sortir de table ?”

Dora glisse de sa chaise et se dirige vers la pièce arrière plongée dans l'obscurité. Elle grimpe sur le tabouret du piano et allume la petite lampe. Sur le porte-musique, sont posées ses propres partitions : *Études* de Duvernoy et Burgmüller, *Pièces lyriques* de Grieg et le *Petit livre* d'Anna Magdalena Bach. Devant les pédales, il y a un petit banc étroit où Dora pose les pieds. Oh ! si ses jambes étaient déjà assez longues ! Maman dit qu'il est bon de s'exercer sans utiliser la pédale, ce qui oblige à confectionner tous les sons soi-même et apprend à avoir un jeu bien lié. Lorsqu'elle sort la partition à quatre mains de l'armoire, Dora se glisse pour faire place à Emma du côté des notes graves. Emma, elle, atteint la pédale. Le son est plus profond et Dora pose sans difficulté sa mélodie dans cet océan d'accords. Mais, parfois, Emma change au mauvais moment si bien que les sons de Dora restent suspendus, tout nus, dans le vide, parfois elle ne change pas du tout et les accords qui devraient se juxtaposer se chevauchent. Dora préférerait les jouer elle-même.

Exercices de dextérité de Hanon. Sentir chaque doigt et l'espace qui les sépare. Puis, descendre, monter, le long de la gamme. Une différente, chaque jour. Aujourd'hui, c'est le tour de *si* bémol. Elle connaît les secrets du cycle des quintes et saute de *do* à *fa*, là où elle veut être. Le menuet. Dora se représente les danseurs tournant lentement les uns autour des autres, posant le pied fermement sur le sol, toutes les deux mesures, sur le premier temps. À la fin de la phrase, ils s'inclinent devant leur partenaire, on croit les entendre.

“Elle a un sens infaillible du rythme, c’est incroyable. Et elle n’a pas encore six ans !”

Egbert émet un grognement d’approbation. Le piano s’est tu, de la pièce arrière parvient un bruissement de papiers. Dora chante doucement la mélodie du menuet.

“Elle doit aller à l’école. Elle doit apprendre à lire comme tout le monde. Elle passe toute la journée à jouer, ça ne peut pas durer, si douée soit-elle. Tu ne pourras pas non plus continuer à lui donner des leçons, l’année prochaine.

— Je voudrais bien. Mais je crains de lui faire du tort. Elle est si talentueuse, Eg, tu le sais très bien !

— L’année prochaine, tu auras bien autre chose à faire : tu pousseras le berceau ! Dans lequel il y aura notre fils, tu ne crois pas ?”

Emma rit. La tablée est silencieuse. Dora commence à jouer la *Valse* de Grieg, dont la mélodie fragmentée voudrait monter mais retombe toujours. La semaine dernière, M. De Léon l’a jouée devant elle et Dora essaie de se rappeler et d’imiter ses mouvements, de rendre les mêmes sons que lui.

Emma borde Dora et s’assied sur le bord du lit. Son ventre est tout rond au-dessus de ses jambes. Dora y pose la main. Il est ferme.

“Quand le bébé sera là, nous jouerons encore ?”

Emma regarde sa fille, contemple les mains fermes aux doigts carrés.

“J’en ai parlé avec papa pendant que tu faisais tes exercices. Je pense que tu es assez grande pour prendre de vraies leçons, je veux dire des leçons qui ne sont plus données par moi.

— Par M. De Léon”, dit Dora avec conviction.

Emma et Dora marchent main dans la main le long du Singel. Sur l’autre rive, les branches de grands saules effleurent la surface de l’eau. Des canards s’y faufilent comme dans la fente d'un rideau de scène. Elles traversent le pont et s'engagent dans une large rue. À côté d'un magasin, elles passent un petit portail qui donne accès à une cour intérieure garnie de plantes en grands pots de terre cuite. L'autre côté de la cour est bordé d'une façade percée de grandes fenêtres et d'une porte, où M. De Léon apparaît.

"Bienvenue, bienvenue ! Entrez !" dit-il ouvrant largement ses longs bras. Il pose un baiser sur les deux joues d'Emma et caresse la tête de Dora. "Assieds-toi, Emma, donne-moi ton manteau."

Près du poêle, il y a un petit canapé et des chaises. Une table a été glissée contre l'une des fenêtres. Dora remarque des livres, du papier à musique et un pot à confiture contenant des crayons. M. De Léon pose le manteau d'Emma sur une chaise de bureau. Puis il emmène Dora faire le tour de la pièce. Tout le mur du fond est occupé par une bibliothèque remplie de piles de partitions. Dora n'en a jamais vu autant réunies. Ils se tournent vers l'autre fenêtre. Deux pianos trônent là côte à côte, le couvercle ouvert, un océan d'ivoire et d'ébène. "Celui qui est près de la fenêtre est pour toi. Assieds-toi."

Il place deux gros livres sous ses pieds.

Dora joue la valse qu'elle a apprise. M. De Léon, assis à l'autre piano, l'accompagne et porte si bien sa musique qu'il l'embellit encore. Lorsqu'ils ont terminé, il se tourne vers Emma et la regarde longuement. Dora lui trouve l'air triste. Elle ne dit rien.

Pendant la nuit, Dora s'éveille. Il n'y a pas de lune, des nuages suspendus dans le ciel jettent une lumière grisâtre. La rue vide est silencieuse. Debout devant la fenêtre, elle se met à pleurer. Elle ne peut s'arrêter. Essoufflée, elle aspire l'air entre deux sanglots.

Emma entre doucement dans la chambre, pareille à un fantôme dans sa chemise de nuit blanche. Elle porte Dora dans son lit.

“Qu’y a-t-il ?” demande-t-elle. Les larmes continuent à couler ; un très long temps se passe avant que Dora ne retrouve son calme.

Maintenant, elle prend deux leçons par semaine. Stina la conduit au petit portail puis va faire des courses. Une heure plus tard, elle l’attend dans la cour intérieure et elles rentrent ensemble à la maison. Dora porte elle-même le sac contenant ses partitions, maintenu par des sangles sur son dos. Bien droite.

# 7

“Société d’imprésarios Keizer & Quint, Marina Delblanc à l’appareil !

— Kraggenburg. Je suis à la recherche de renseignements sur Dora Dirique. Pouvez-vous m’aider ?

— La pianiste ! Oui, non. L’affiche d’un de ses concerts est au mur, juste en face de mon bureau. Elle est encadrée et date de 1975. Mais je ne crois pas que l’artiste figure encore dans notre fichier.

— Avez-vous une adresse où on peut la joindre ?

— Non. Si elle n’est pas dans le système, je ne peux pas la trouver. D’ailleurs, nous ne pouvons pas donner d’adresses, ce sont les instructions.

— Qui est le directeur actuel de la société ? J’ai appris que l’ancien patron a pris sa retraite ?

— M. Keizer est décédé. Mme Quint vit encore, mais elle ne travaille plus. Je ne l’ai vue qu’une seule fois, à la réception de nouvel an. Le directeur est M. Schelling.”

Fred Schelling ! Comptable et facteur de clavecins. Quand Bau l’a connu, il collait des enveloppes. À présent, il est directeur d’un groupe mondial du secteur artistique. Il sait sûrement où se trouve Dora.

“M. Schelling n’est pas là pour le moment, il est en vacances.

— Dans ce cas, je pense que nous n’avons plus rien à nous dire.”

Il interrompit la conversation avant que son irritation ne soit perceptible. Il savait Schelling suffisamment consciencieux pour faire dévier son téléphone vers son lieu de vacances.

"Kraggenburg ! Cela fait longtemps ! Non, tu ne me déranges pas du tout, je t'écoute !"

Schelling ne savait rien non plus, sauf qu'après la mort de son père, non, c'était sa mère – la vieille Mme Dirique, la chanteuse –, Dora était tombée malade ; la nature de son mal restait vague, mais elle ne pouvait plus jouer, elle avait brusquement tout abandonné, juste avant une tournée en Italie. Laagland l'avait alors remplacée, avec grand succès, d'ailleurs.

"Où est-elle maintenant, Schelling, on le sait ?

— Elle a acheté une maison en France, dans les Pyrénées, finalement. Nous n'avons jamais connu son adresse, nous ne faisions déjà plus affaire ensemble lorsqu'elle s'est retirée. C'était au milieu des montagnes, a dit Keizer, totalement à l'écart du monde. Moi, cela ne me dirait rien, je préfère être sur mon bateau, comme maintenant. Écoute, je peux demander son adresse pour toi chez DGG, ils doivent avoir pris contact avec elle pour la réalisation de ce cd. Je vais le faire tout de suite ! Avec plaisir !"

Bau était trop gros. Il fumait et buvait. Il était vite fatigué, ou plutôt paresseux. Il lui arrivait encore d'avoir des projets, mais ceux-ci étaient rarement suivis d'exécution. Aujourd'hui, l'un d'eux semblait prendre forme, la recherche de l'adresse de Dora.

Johanna est partie, les enfants ont leurs propres occupations, je peux aller et séjourner où je veux. Dans une semaine, aura lieu le congrès de San Sebastián, ma communication est pratiquement prête, mes rendez-vous sont pris. Je peux annuler la réservation d'avion et prendre la voiture, tout de suite. Un détour par Tarascon ou Luchon ou Aix, puis cap sur la côte. Si je n'ai pas envie d'aller la voir, je me promènerai dans les environs ou j'irai m'installer dans un hôtel. Je peux emmener du travail.

Il monta et mit une valise sur le lit.

Il réussit à joindre Johanna dans le bureau du directeur d'un hôpital suédois.

"Je pars une semaine plus tôt. En voiture. Tout se passe bien là-bas ?

— Très bien. De belles commandes et d'intéressants projets de recherche. Nourriture excellente aussi. Les gens sont un peu guindés, mais je ne peux pas m'étendre sur le sujet maintenant, car ils sont tout près de moi. Tu ne feras pas de trop longs trajets ? Il y a une fameuse distance jusqu'en Espagne. Il fait trop calme à la maison ?

— J'ai envie de partir. De rayonner un peu là-bas.

— Mais tu peux louer une voiture ?

— Ce n'est pas la même chose. Je ne veux pas me sentir tenu.

— Liberté ! On dirait que tu as vingt ans !"

Johanna rit. Bau se dit qu'il devrait aller dans le Nord et l'arracher à ces médecins rangés ; ils rouleraient ensemble le long des crêtes infinies de la Suède. Mais il avait un autre objectif, il voulait avoir des nouvelles de Dora. Il devait, disons, tirer au clair ou vérifier des faits anciens, il devait y aller et puis il verrait.

Il copia un ancien disque sur une cassette. L'opus 110 et les *Variations en do*. Pour la voiture. Il ne partit qu'à six heures. Sur l'autoroute c'était la saturation des heures de pointe, mais la voiture venait de subir un gros entretien et Bau se sentait paré et l'esprit merveilleusement léger.

Au sud de Bruxelles, il mangea un steak et but un verre de bière et, vers minuit, il prit une chambre dans un hôtel des environs de Paris. Il s'endormit comme une masse.

Le lendemain, il avait toute la France à traverser. Le long de l'autoroute, se dressaient des panneaux bruns montrant des croquis de curiosités locales. Mais Bau se rendait compte que plus rien ne l'intéressait. Qu'est-ce qui valait la peine d'être visité ? Les gens se promenaient au Népal, campaient au Grand Canyon, plongeaient à Tahiti. Ils devaient avoir vu tout cela. Lui aussi, il a traversé l'Afrique du Sud, sillonné l'Amérique et visité l'Indonésie. Merveilleux, impressionnant, intéressant. Mais quel paysage avait-il gardé en mémoire, de quels panoramas pouvait-il dire, aujourd'hui encore, qu'il était content de les avoir admirés ? Le Waal à Hurwenen, les lacs de Bassiès, les chaintres en pente douce de Watou, les vertes collines de Guipúzcoa. C'était tout. Ces montagnes et ces plans d'eau suffisaient largement. Ce voyage-ci le conduisait vers tout ce qu'il désirait.

Il baissa les vitres des deux côtés pour créer dans la voiture un courant de vent chaud. Il poussa la cassette dans l'appareil et laissa Beethoven rivaliser avec le vacarme.

# 8

Dora a six ans et sait lire, rouler à vélo et presque nager. Sa bicyclette est trop grande, le constructeur a monté des blocs de bois sur les pédales pour qu'elle puisse les atteindre.

Lorsqu'en été, elle loge chez tante Ida, elle peut utiliser le petit vélo rouge qui a appartenu à Suze. Celle-ci a déjà huit ans, elle sait tout faire, sauf jouer du piano. Derrière la maison de Montfort, s'étend une prairie traversée de fossés. Après le repas, Suze et Dora s'y rendent. Elles chassent les grenouilles avec des bâtons et s'imaginent à la piscine.

“À toi ! Il faut tenir debout dans l'eau jusqu'à cent !”

Elles sont très sévères. Le soir, Suze parle à mi-voix de ce qui se passe à l'école. Un jour, un garçon a montré son zizi sous le banc au grand effroi de tous, mais c'était un morceau de bougie.

Au grenier, elles jouent avec les déguisements. Elles ont des bébés, avec lesquels elles sont aussi très sévères. L'éducation de ses enfants, difficiles et peu obéissants, fatigue énormément Dora. Alors, épuisée, elle va prendre le thé chez Suze, dans une robe de soie bleue, tandis que les bébés braillent dans leurs berceaux.

Dora parle du bébé qui est dans le ventre de maman. Celle-ci est si grosse qu'elle ne peut plus fermer ses robes. Dans l'obscurité de la chambre de fillette, Suze explique comment le bébé y est venu. Suze sait tout. L'homme introduit son zizi dans la femme, dit Suze. Ils doivent être complètement nus, sinon ça ne marche pas.

En fait, Dora sursaute à peine. Elle pense aux gloussements et halètements qui échappèrent à Stina quand le joueur d'accordéon mit les mains sous son tablier. "Arrête, mais arrête, dit Stina, tu ne vois pas que la petite est là, qu'est-ce qu'elle doit penser !" Mais le joueur d'accordéon ne voyait rien. Il enfonçait sa tête brune dans le cou de Stina et remontait la main le long de sa cuisse, exactement comme sur son instrument. Tout en lui criant de cesser, Stina le tenait fermement, appuyant son abdomen sur le bas-ventre de l'homme. En riant.

Ensemble au lit, avait dit maman, et s'aimer très fort.

Dora partage le lit de Suze. Elle aime Suze. Pourtant, aucun vrai bébé ne vient, pour ça, il faut que se produise cette chose étrange, à laquelle Stina pense, ainsi que les garçons de la classe de Suze, et Suze elle-même. Maintenant, je sais, pense Dora, maintenant je connais le secret des grandes personnes. Et je roule à vélo. Je sais, mais je n'y crois pas. Que mes parents l'aient fait, je ne peux le croire.

"On joue à papa et maman ? demande Suze. Alors, nous devons enlever nos pyjamas." Sous les couvertures, elle fait descendre son pantalon. Dora ne bouge pas, mais, lorsque Suze repousse les couvertures, elle regarde. Le couvre-lit glisse sur le sol, Suze le ramasse en prenant appui sur les genoux et les coudes. Ses fesses se détachent comme un maillot de bain clair sur son dos hâlé. Dora aperçoit, entre les cuisses, les lèvres blanches, telle une bouche close, bien ferme. Elles sont bordées d'un liseré rouge d'irritation, luisant de vaseline. Dora glisse ses mains sous son propre corps.

"Tu dois montrer tes fesses, dit Suze qui s'est recouchée. Allons, allons, toi aussi !

— Non, dit Dora. Je ne veux pas faire ça."

*

* *

Les canaux sont gelés et on a patiné tout le jour sur le Singel. On peut ainsi entrer en ville sur l'eau, sans avoir à faire le détour par le pont.

"Le marchand de charbon vend des patins, dit Emma. Il faut en donner à Dora, ceux qui ressemblent à de petits sabots, pour qu'elle apprenne."

Egbert va les chercher. Ils sont munis de longs rubans orange qu'elle utilise pour les attacher à ses bottes.

Elle va au Singel avec Stina. Elles emportent une chaise qu'elles posent sur la glace. Stina se penche pour fixer les patins. Les moufles de Dora sont reliées l'une à l'autre par un cordon qui traverse son manteau. Elle ne pourra jamais les perdre.

"Tu dois mettre ton bonnet, sinon tes oreilles gèleront. Et avoir toujours tes moufles aux mains, pour le cas où tu tomberais."

Dora se met en place. Elle s'agrippe à Stina, car elle se sent vaciller, comme si, à tout moment, elle risquait de tomber en avant, les mains sur la glace.

"Prends la chaise, dit Stina. Tu dois d'abord t'exercer un peu, ça, tu peux le faire."

Dora regarde autour d'elle. Sous les branches du saule, l'eau apparaît. Les canards y nagent en rond, serrés les uns contre les autres. Stina se dirige vers eux pour leur donner du vieux pain.

"C'est un trou. Tu ne peux pas t'en approcher, la glace y est trop fragile", dit-elle en revenant. Stina marche très prudemment, elle ne lève pas les pieds mais les glisse sur la glace. C'est lent. Les personnes qui savent déjà patiner roulent franchement, sur de longs patins. Le dos courbé, elles font des griffes blanches sur la glace.

Je ne tomberai jamais, pense Dora. Et je ne roulerai jamais dans un trou. Vous vous agrippez au bord glacé, puis un patineur roule sur vos doigts et les sectionne et vous ne sentez rien à cause du froid. Elle serre les poings dans ses moufles et un frisson d'angoisse lui parcourt les jambes. Ne jamais tomber. À la fin de l'après-midi, elle patine en tenant la main de Stina.

Emma, assise sur une haute chaise à la fenêtre de la salle de musique, regarde.

Dora n'est pas tombée une seule fois.

*
* *

Le docteur Tromp est là. Il a posé son vélo dans le jardin, devant la maison, et entre, muni de sa petite valise. Papa lui prend son manteau qu'il suspend à la patère noire. Il serre la main du docteur. Les deux hommes ont la même taille, constate Dora, mais le docteur est plus large, son corps imposant remplit entièrement le couloir. Il se dirige vers Dora, appuyée au mur près de la porte de la cuisine. Il porte des chaussures hautes de bon cuir noir et les jambes de son pantalon sont retenues par des pinces argentées qui les empêchent de battre dans les rayons des roues.

Il lui serre aussi la main. Une main rouge, chaude, aux ongles nets, bien coupés.

“Quelle grande fille”, dit le docteur. Il lui fait un clin d'œil. D'un vif mouvement de tête, il rejette en arrière sa mèche gris sombre. Puis il se rend à l'étage, où maman est alitée. Papa le suit.

Dora rejoint Stina dans la cuisine.

“Ça va arriver, dit Stina. Elle a si mal, ta maman, ça ne peut plus durer. Le docteur va l'aider. C'est sûrement un garçon, un bébé aussi gros.”

Tout est sens dessus dessous aujourd'hui. C'est l'heure du repas, mais personne ne parle de manger. Dora s'assied à la table de la cuisine et regarde le livre que M. De Léon lui a donné. Son titre est *Petits préludes et fugues*. De Bach, Jean-Sébastien. Le premier morceau paraît étrange, avec de nombreux accords et des fioritures à la main droite. Dora comprend, dès qu'elle voit que la main gauche domine, que c'est elle qui joue la mélodie.

“Il faut pouvoir se sortir de toutes ces petites taches noires !”

Dora lève les yeux. “J’entends la musique dans ma tête. Parfois, ça ne va pas, alors j’essaie de la jouer.”

Des cris parviennent d’en haut. Stina se précipite à la porte. Papa et le docteur Tromp descendent.

“Nous devons aller à l’hôpital, dit le docteur. Où est votre téléphone, je vais appeler tout de suite.”

Papa remonte l’escalier. Dora entend le docteur Tromp parler dans le couloir.

“Une ambulance. Tout de suite. Je vais appeler moi-même le gynécologue. Préparez la salle d’op pour une césarienne.”

Il compose un autre numéro, un bon bout de temps se passe avant qu’on ne réponde.

“Je pensais que c’était un siège, mais c’est une présentation par l’épaule. Impossible de le retourner. Oui. Ça a déjà commencé. Deuxième enfant. À tout à l’heure!”

L’ambulance vient chercher maman. Elle descend l’escalier toute seule. Entre les contractions, dit Stina. En bas, elle doit s’étendre sur un lit étroit muni de roues. Son ventre est plus large que la couche.

Dora vient lui dire au revoir. Le visage de maman est rouge. Elle pleure un peu mais sourit à Dora.

“Je reviendrai vite. Avec le bébé.”

Dora acquiesce. Elle se mord les lèvres sans arriver à dire un seul mot. Les ambulanciers conduisent maman dehors et la placent dans l’auto. Papa les accompagne, il a mis dans un sac quelques effets de maman.

Stina fait du pain perdu. Elle logera à la maison cette nuit.

“Nous allons être bien à nous deux”, dit-elle. Dans une assiette creuse, elle bat deux œufs et un peu de lait. Elle y trempe deux tartines séchées qu’elle place ensuite dans la poêle.

“Bientôt, elle aura oublié toutes ses douleurs et tous ses ennuis, quand elle tiendra le petit dans ses bras. Nous allons nous régaler, range ton livre.”

Elle parsème les tranches de pain dorées de sucre et d'un peu de cannelle. Dora voudrait bien manger, le pain perdu est son plat préféré et Stina est gentille d'en avoir fait aujourd'hui, mais on dirait que les bouchées se bloquent dans sa gorge sans arriver à descendre.

"Ton père était très nerveux, signale la bavarde Stina. Les hommes ne comprennent pas, ils restent les bras ballants. Oui, l'enfant doit venir et, avec toute leur science, ils ne peuvent rien y changer.

— C'est quoi, une césarienne ? demande soudain Dora.

— On coupe le ventre sur toute sa longueur et on sort l'enfant. On l'a fait à ma sœur. Une cicatrice du nombril au sexe. Et quelle douleur, après ! C'est parfois nécessaire, si l'enfant est trop gros ou mal placé. Il n'y a pas moyen autrement, on peut pousser jusqu'à en mourir, ça ne marche pas."

Couper, pense Dora. Ils coupent maman pour sortir le bébé. C'est la faute de papa. Il a fait le bébé à maman. Il était content, il le voulait. S'il n'avait pas fait ça avec maman, nus dans le lit – ceci ne serait jamais arrivé.

"Bon, dit Stina. Maintenant, mange au moins. Bois ton lait, puis je rangerai et on jouera à un petit jeu. Je ne t'oblige pas à aller au lit maintenant, nous pouvons aussi bien attendre ensemble."

Jamais, pense Dora. Jamais il n'aurait dû le faire. C'est sa faute.

Le bébé s'appelle Frank. Il dort dans le vieux berceau de Dora, près du grand lit, du côté de maman. Maman est toujours auprès de lui. Lorsqu'elle descend, elle tient son ventre à deux mains. Depuis qu'elle est revenue de l'hôpital, elle n'a plus jamais relevé ses cheveux. Ils pendent comme des rubans sur ses épaules lorsqu'elle est assise, en robe de chambre, à la table de la cuisine. Dora regarde le ventre de maman.

"Oui, il faudra un certain temps avant que je redevienne comme avant, soupire Emma. Je suis contente que Stina soit là, je ne peux encore rien faire. Seulement rester couchée. Je suis ravie quand tu étudies, car alors j'ai quelque chose à écouter."

Dora l'accompagne en haut. Frank a une grosse tête ronde. Ses bras et ses jambes sont étalés sur le petit matelas et, quand Emma le prend, ils pendent mollement vers le bas.

Le bébé ne grandit pas. Sa peau se plisse et son ventre est de moins en moins rond.

"Il ne sait pas comment il faut boire, dit Emma. Il en est tout simplement incapable."

Elle a de solides bandages autour du ventre et de la poitrine. Frank n'arrive pas à en tirer le lait, il ne tète pas. Quand Emma le met au sein, il garde la bouche ouverte et le lait coule sur sa brassière.

"Ce n'est pas bon, dit Emma le soir, à table. Dora était toute différente, on la sentait dans les bras et elle buvait comme un jeune veau. J'appellerai Tromp demain, ça ne peut plus durer.

— C'est insensé, dit Egbert. Ce garçon est en bonne santé, quatre kilos et demi, il n'y a rien qui cloche."

Mais Frank pleure. Nuit et jour, il émet un faible son aigu. L'indication de la balance blanche de métal diminue sans cesse. Maintenant, le grand poids d'argent est passé de quatre à trois.

Stina essaie de le nourrir avec une petite cuiller qu'elle a transformée en bec verseur à l'aide d'une tenaille. Elle tient Frank sur les genoux, bien droit, et verse prudemment le lait dans sa bouche. Il tousse, s'étrangle, mais n'avale rien.

"Il doit y avoir quelque chose qui ne va pas ? dit Emma. On dirait qu'il ne me voit pas. Dora riait à cinq semaines.

— Dora pleurait aussi, dit Egbert.

— Oui, elle criait et pleurait quand elle avait faim, ou que son lange était souillé. Mais, dès que j'entrais dans la chambre, elle se taisait, elle m'entendait venir, elle savait que le réconfort arrivait. Frank pleure tout le temps, qu'il ait été changé ou non. Et il ne m'entend pas arriver. Je ne sais plus que faire, Egbert, je suis si inquiète."

Le docteur Tromp vient. Il a l'air grave. Il donne à Frank une tétine avec une très longue pointe, pour que le lait atteigne le fond de sa bouche.

"Vous devez toujours lui frotter les lèvres, pour qu'il arrive à sentir. Et toujours le coucher avec la tête de côté dans le berceau, pour libérer ses voies respiratoires quand il vomit."

Il dit encore beaucoup de choses, le docteur Tromp. Emma, Egbert et lui, assis dans le bureau, parlent pendant plus d'une heure. Stina et Dora attendent dans la cuisine, le repas est prêt. L'odeur des escalopes qui mijotent se répand dans la pièce, les arbres du jardin ont déjà de gros bourgeons et Dora voudrait aller au piano, mais n'ose pas.

Emma vient la border. Elle a pleuré, mais ses cheveux sont relevés.

"Il y a vraiment quelque chose qui ne va pas chez Frank. Le docteur Tromp a fini par le dire, il a bien dû, j'ai tellement insisté. Frank est mongolien. À l'hôpital, ils l'avaient déjà vu, mais personne ne voulait nous l'annoncer. Attendons, pensaient-ils. Et moi qui croyais que c'était de ma faute !

— C'est quoi, un mongolien ?"

Emma prend son mouchoir et s'essuie les yeux.

"On appelle ainsi les enfants qui ne savent pas bien étudier. Ils restent enfants, ils ne peuvent pas devenir adultes.

— Il va mourir alors ?

— Non, il peut grandir, mais il sera toujours un enfant. Il ne pourra ni lire ni réfléchir comme toi. Tout ce qu'il apprendra demandera beaucoup de temps. C'est pour ça qu'il a tant de difficultés à boire. C'est aussi pour ça qu'il ne nous sourit pas."

Mongolien, pense Dora. Mongolien, mongolien, mongolien. La faute de papa. Parce qu'il a fait ça avec maman, parce qu'il était si content d'avoir un bébé, il a eu un enfant mongolien. Bien fait. Dora a aussi envie de pleurer. Maman la presse contre elle.

Elles sanglotent toutes deux. Bien fait, pense Dora, bien fait, c'est sa faute.

*
* *

Par un beau jour de mai, alors que Dora vient d'avoir sept ans, la guerre éclate. Peut-on jouer dehors quand c'est la guerre ? Peut-on faire de la musique ? Les Allemands viennent avec chars et soldats pour anéantir les Pays-Bas et nous dominer, comme dit son institutrice. Il est bien clair que les soldats hollandais seront vaincus. Rotterdam est en feu, on peut voir les nuages noirs de la fenêtre du grenier. Le temps se maintient au beau. Maman ne parle pas de la guerre, elle tient Frank sur les genoux et essaie de le nourrir. Elle lui fredonne doucement une chanson, bien qu'il n'entende pas. Dora pense à la mélodie que maman chantait autrefois : *Glücklich ist... wer vergisst* – c'est une chanson allemande, et pourtant elle est très belle. Bach était allemand ! Et Schumann aussi !

Papa revient de son travail à une heure inhabituelle. Son visage est encore plus sévère que de coutume. Il rassemble tout le monde dans la cuisine, maman portant Frank dans les bras, Stina et Dora.

"Ça y est, dit-il. Nous avons capitulé. À partir de maintenant, les lois allemandes sont en vigueur." Il regarde Dora. "Mais chacun a son code intérieur. C'est lui qu'il nous faut écouter maintenant."

Papa pose la main sur l'épaule de maman et regarde Frank qui bave, suspendu à son bras.

“Nous soignerons Frank à la maison. Nous ne le mettrons ni dans une institution ni à l’hôpital.”

Il a un rictus. Maman pose la main sur la sienne.

Dora dénombre les visages de ses parents et de son frère, pâles angles d’un triangle : un, deux, trois, un, deux, trois, un.

“C’est bien, Egbert, ensemble nous nous en sortirons”, dit Emma.

“Dans la musique, il n’est pas question de guerre, la musique est au-dessus de tout, dit M. De Léon. Ton père n’a certainement pas voulu dire que tu ne pouvais plus jouer Bach. Ce qu’il a dit à propos du code intérieur est sage. Le tien ne dit sûrement pas que ces préludes sont tout à coup devenus mauvais, n’est-ce pas ? Tu les joues avec autant de plaisir que le mois dernier. C’est ce que tu sens en toi, tu peux donc continuer à jouer tranquillement.”

M. De Léon pose la main dans les cheveux de Dora et les caresse. Il lui explique tout ce qu’elle veut savoir et parle de l’Allemagne, de la pauvreté et de Hitler, qui promet que tout ira bien si tout le monde fait ce qu’il dit. Il parle de discours, de bottes et de musique militaire. De la difficulté de ne pas participer, de l’emprise de Hitler sur les écoles et sur les enfants qui seront bientôt soldats.

Il dit aussi que tout le monde ne peut appartenir à l’Allemagne de Hitler, dont les lois rejettent certaines personnes. Par exemple, les Tsiganes, les Noirs et les Juifs. De même, les malades et les handicapés, incapables de faire certaines choses, ne peuvent non plus faire partie de la nouvelle Allemagne. Ce ne sont pas des personnes à part entière, selon Hitler.

“Donc les mongoliens non plus.

— Non plus. C’est pourquoi ton père trouve si important de soigner ton petit frère lui-même. Si on le plaçait quelque part, on ne sait pas ce qui pourrait arriver. Ton père est un homme intelligent.”

Dora garde le silence. Peut-être un soldat allemand va-t-il venir à la porte, chaussé de grandes bottes. Il sonne et elle va ouvrir. Il n'y a personne à la maison. Le soldat demande s'il y a des mongoliens ici et elle lui montre le berceau de Frank. Il le faut, sinon il la tuera. Le soldat s'en va le bébé sous le bras. Elle ne peut rien y faire.

Les Juifs, a dit M. De Léon. Mais lui, alors ? Un prénom d'origine juive, a dit maman un jour que Dora lui déclarait qu'elle trouvait son nom si beau. Il n'a aucun handicap, il joue du piano mieux que personne.

"Et vous, alors ?" demande Dora en rougissant. M. De Léon pose un doigt sur ses lèvres et sourit.

"Chérie, continuons la leçon. Nous allons jouer du Bach."

*
* *

Après le repas, Emma s'en va. Son baiser laisse une tache rouge sur la joue de Dora, qui la frotte, puis hume la paume de sa main : délicieux. Par la fenêtre de la pièce de devant, elle regarde Emma refermer la grille derrière elle et partir sur ses talons hauts. C'est le soir, mais il fait encore clair.

Frank est couché sur le canapé, un coussin calé contre lui pour l'empêcher de tomber. Il repose sur sa couverture, protégée par une alèse. Il a la tête de côté, ses yeux aux paupières gonflées sont deux traits obliques. La bouche pendante, il pleure sans pouvoir s'arrêter.

Egbert l'avait pris sur ses genoux pour lui donner à manger, mais Frank laissait sans cesse la longue tétine lui glisser de la bouche. Maintenant, Egbert lit le journal. Il est assis dans le grand fauteuil, sous la lampe, et jette de temps en temps un coup d'œil sur le bébé.

Pourquoi pleure-t-il ainsi, pense Dora. Il ne sait pas que c'est la guerre, il ne sait pas que maman n'est pas là. Il a peut-être faim, mais ses pleurs seraient différents. Il émet un son doux et plaintif qui commence dans l'aigu, puis descend lentement. Au point le plus bas, il reprend haleine en crachotant et recommence. Cela fait peine à entendre. C'est le seul refrain qu'il connaît.

Derrière le canapé, se trouve le piano. Dora allume la petite lampe.

"Tu ne peux pas jouer maintenant, dit Egbert, cela empêche Frank de dormir.

— Il ne dort pas", dit Dora. Elle est assise au piano, les mains sur ses genoux. Son code personnel, que dit déjà son code personnel dans un tel cas ? Elle ne veut pas s'exercer, mais jouer. Il y a trois sortes de jeu, a dit M. De Léon. Le plus beau et le plus passionnant, c'est jouer devant un public, pense Dora. Quand un morceau est tout à fait prêt, quand elle l'a en tête et qu'elle peut le jouer de mémoire, elle doit l'exécuter devant quelqu'un. De la porte de la salle d'étude, elle se dirige vers le piano, en chantant la partition pour elle-même. Elle s'assied, essaie de se rappeler le début de la pièce et joue celle-ci de bout en bout. Si un passage n'est pas au point, elle ne peut le recommencer avant la leçon suivante. Elle consigne dans un cahier spécial tous les morceaux qu'elle est capable de jouer en public. Parfois, M. De Léon en choisit un au hasard, pour voir si elle le connaît encore.

Étudier est passionnant également, mais c'est si long. Il faut retenir avec quel doigt jouer telle note, il faut travailler séparément les passages difficiles, très lentement, de sorte qu'on entend à peine à quoi ressemble le morceau. Il faut aussi exercer séparément la main droite et la main gauche. De mémoire. Il faut apprendre à maîtriser ce que l'on fait.

Le plus amusant, c'est jouer d'une traite. Un nouveau morceau, pour se rendre compte de son allure générale. D'anciens airs qui ne figurent pas dans le cahier des auditions. Ou, ce qu'elle préfère, jouer à quatre mains. Ils interprètent des partitions imprimées dans des brochures larges et basses et M. De Léon actionne la pédale. Il faut bien s'écouter mutuellement, suivre le rythme et le jeu de l'autre, exécuter le morceau ensemble. C'est ce qu'ils font à la fin de chaque leçon.

Dora éteint la lampe. Sans l'avoir vraiment décidé, elle se retrouve soudain à jouer. Le prélude, où la main gauche se promène tranquillement, tandis que la droite s'amuse autour d'elle, monte et, vers la fin, s'emballe complètement. Lorsqu'elle commence, elle entend Egbert inspirer avec agacement. Elle continue. Jouer en public implique de ne jamais s'interrompre.

Après l'accord final, c'est le silence. Dora regarde son père. Puis, ils se lèvent tous deux et se dirigent vers le canapé. Frank regarde calmement, il a les yeux ouverts. Il ne pleure pas.

Souriant, Egbert fait un signe de tête à Dora. Le cœur léger, elle retourne au piano. J'ai calmé Frank, papa est fier, tout va bien, je peux y arriver ! Le deuxième prélude est une pièce triomphale, elle le joue lentement et solennellement, avec beaucoup de sentiment.

Je veux qu'il écoute, pense Dora. Qu'il replie le journal, qu'il ferme les yeux et m'écoute. Qu'il pense : comme elle joue bien. Comme elle est douée et mignonne.

Le troisième prélude commence très doucement. Les doigts effleurent les touches, rapides et légers comme des pas de souris. Dora est penchée sur le clavier, elle se glisse dans la mélodie. Elle la laisse s'animer, forte et rapide, puis retomber, sans cesser de songer à l'homme assis là, sous la lampe, l'homme qui doit écouter et entendre. L'homme qui lit le journal.

# 9

Elle monta plus tôt que d'habitude et se traîna le long de l'escalier jusqu'à la chambre alors qu'il ne faisait pas encore tout à fait noir. L'entrepreneur s'était étonné de son souhait d'installer une salle de bains dans le haut de la maison.

“Vous ne voulez tout de même pas dormir dans le grenier, comme les poules ?”

C'est bien ce qu'elle voulait, dormir à côté d'une grande fenêtre sans rideaux, avec vue sur des chaînes et des chaînes de montagnes, jusqu'en Espagne. Elle ouvrit la fenêtre. Il n'y avait pas de moustiques, pas de vent, rien que l'air doux du soir rempli d'odeurs de foin et de lavande. Au-dessus des sommets, flottaient encore des lambeaux de lumière grisâtre traversés de traits roses.

En bas, il y avait un piano noir.

Après un sommeil agité, elle s'éveilla dès les premières lueurs de l'aube. Elle s'étira, un mètre soixante-dix, pointure 38. Les premières questions au seuil de chaque nouvelle journée : où suis-je, que fais-je ici ? Se glisser devant le piano pour les premiers exercices techniques constitue une réponse où se dissout la question. Mais maintenant ? Elle était quelque part dans le sud de la France, souffrant des articulations et des mains, proche de la soixantaine, sans famille, sans mari, sans enfants.

Elle était dans sa propre maison, où personne ne la dérangeait. Elle était débarrassée de toutes obligations, de toutes frictions.

Trop dormir rend les gens dépressifs, disait Bau autrefois. Elle se redressa sur les coudes. Elle porta le regard au-delà de la vallée. Des aigles devaient nicher sur les sommets les plus lointains ; quand on se promenait sur le sentier longeant la crête, on pouvait les voir planer au gré du vent. Elle se demanda quel était le cri des aigles : croassement de corneille ou grognement comique de corbeau ? Les aigles ne crient peut-être pas, se dit-elle.

Elle attendit la fin de l'aube, cette heure dangereuse. Le moment du duel, de l'exécution, de la naissance. Quand la lumière eut pris possession des lieux, elle se leva.

Devant la fenêtre de la cuisine, Dora avait fait installer un store. Sa maison se dressait au point le plus élevé du village et, derrière, le sommet de la colline était occupé par le cimetière avec l'église en son milieu. De sa cuisine, située à l'arrière de la maison, elle avait une vue étendue sur les pierres tombales ornées de fleurs de plastique de toutes couleurs et de photos encadrées des défunts.

De temps en temps, une noire file de villageois grimpait jusqu'au sommet, les femmes portant un foulard sur la tête, les hommes tenant leur chapeau à la main. Ils marchaient lentement sur leurs jambes tendineuses, derrière le cercueil. Les grilles du cimetière étaient grandes ouvertes, le son haut et clair de la cloche retentissait inlassablement.

Dans de telles circonstances, il était agréable de pouvoir baisser le store.

Ils sont bien là, pensa Dora. Un lieu de repos de choix, sous une pierre immuable, sous le soleil, la pluie ou la tempête de neige.

Quand fera-t-elle partie elle-même du cortège ? À la mort de Françoise, l'hôtelière, ou à celle de Gérard, le garagiste ? L'amèneraient-ils, elle aussi, derrière le coin, au sens littéral ? Ou se ferait-elle transporter dans les polders du sud de la Hollande ?

Une petite vaisselle. Pas grand-chose : un couteau, une assiette, un verre. Les tasses des déménageurs. Elle dilua un peu de savon et laissa flotter ses mains et ses poignets dans l'eau chaude. Incroyable, pensa-t-elle, incroyable. Tout au long de sa vie, elle avait protégé ses mains contre toute agression. En septembre, elle portait déjà des moufles, elle avait toujours une paire de gants de cuisine à sa portée, elle n'avait jamais jardiné, nettoyé ni fait la vaisselle les mains nues. Maintenant, elle plongeait avec plaisir les bras dans l'eau savonneuse. Ses doigts, tels de sombres poulpes, se devinaient vaguement sous la couche de mousse. Dora manipula lentement la vaisselle, la nettoya et la mit à sécher. Elle imprima à ses poignets des mouvements de bas en haut, de droite et de gauche, de rotation.

Commencer chaque journée par une demi-heure de technique intense, même si ça ne va pas, si le corps est encore engourdi de trop de boissons, la tête lourde de trop de pensées. Pendant plus de cinquante ans, tous les jours, une autre tonalité du fameux cercle des quintes. Jours en majeur et en mineur, jours pour le ton, pour la vitesse, pour les modes de toucher ; en mouvements parallèles, en mouvements contraires, en tierces, sixtes, octaves. Deux contre trois, trois contre quatre. Les arpèges brefs et soutenus, piqués, en mouvements contraires, avec des variations de rythme, des accents changeants. Sauts d'octave, à l'aveugle et en regardant, avec rotation du bras et de l'avant-bras. C'est miracle de produire autant de sons à si peu de frais.

Un choix parmi les cinquante-deux exercices de Brahms. Les poignets conduisent les mains dans les difficiles arpèges ; bas quand ils s'écartent du corps, hauts vers le centre, ils rivalisent en dansant pour la conquête du clavier. Toujours terminer avec les doigts, le point final de la mise en route de la machine. Le tout premier exercice de Hanon où toute la main se déploie tandis que le pouce retombe chaque fois un ton plus haut. Le plus élémentaire. Tous les muscles, petits et grands, sont à bonne température, tous les os sont dans le bon angle mutuel, la respiration est profonde et tranquille, le corps ne fait qu'un avec l'instrument.

Un entraînement aliénant, pensa Dora. Telles des bêtes sauvages, les mains se renforçaient et, sur leur dos, les veines, soulevées par la puissante musculature, sinuaient, comme les bras bleus du delta d'un fleuve. Les mains lisses trahissaient un manque d'étude. D'un seul regard, le professeur savait à quoi s'en tenir. Elle rit *in petto*, sortit ses mains de l'eau et se mit à se sécher soigneusement les doigts.

# 10

Stina a tant maigri que les rubans de son tablier font deux fois le tour de sa taille. Comme il n'y a pas assez à manger, Egbert trouve qu'elle doit s'en aller.

"Elle a des parents qui peuvent la nourrir, elle est la bienvenue dans leur ferme. Nous ne pouvons plus supporter ces frais, Emma.

— Elle est heureuse ici. Elle aime les enfants. Elle est parfaitement honnête. J'ai besoin d'elle.

— Je ne veux prendre aucun risque. Tu sais, toi, à qui elle raconte qu'il y a un enfant handicapé mental chez les Dirique ? Même si c'est dans une bonne intention, c'est un danger que je ne veux pas courir.

— Tu es trop méfiant, Egbert. Stina ne dirait jamais une chose pareille, à personne.

— Malgré tout, il vaut mieux qu'elle s'en aille. Je vais lui en parler."

Stina fait sa valise. Elle a le nez rouge d'avoir pleuré. Elle s'essuie les yeux avec un coin de son tablier.

Les deux dernières années, elle a dormi dans la petite chambre destinée, en fait, à Frank. Frank dort avec Dora.

Maintenant, Stina part pour Ommen.

"La ferme se trouve au bord de la rivière. L'endroit s'appelle Stegeren. Il n'y a que très peu d'habitants, c'est très calme.

— Ils ont des animaux ? demande Dora.

— Tout plein. Des poules, des vaches, un cochon. Tu pourrais facilement m'accompagner, il y a assez à manger. Des œufs et du lait tous les jours. Tu pourrais dormir avec moi dans la chambre du haut. Je le demande à tes parents, tu veux venir avec moi ?"

Dora réfléchit. Ne plus s'éveiller dans l'odeur âcre de l'urine de Frank. Ne plus chercher son lit dans l'obscurité la plus totale, sur la pointe des pieds, par crainte qu'il s'éveille et se mette à pleurer. Ne plus jamais entrer dans la chambre sans se douter de rien et découvrir qu'il a enduit de selles son petit lit, le mur et son visage. Elle rougit.

"Ils ont un piano ?

— Non. Mais ils ont un orgue à pédalier. Ma mère en joue de temps en temps. Il a des boutons. Tu pourrais t'y initier.

— Ils ne seront sûrement pas d'accord. Je dois rester chez papa et maman.

— Il y a pourtant des tas d'enfants qui vont à la campagne s'ils en ont l'occasion. Tu le regretteras en hiver, quand il fera froid. Nous avons toute une forêt derrière la maison, nous avons toujours de quoi nous chauffer."

Dora garde le silence. Elle est assise sur le lit de Stina, à côté de la valise, les mains sur ses genoux.

"Je comprends bien, dit Stina, tu ne peux pas décider toi-même. Et, pour ta maman, il vaut mieux que tu restes. Seulement, il fait si calme, là-bas, tu vas tellement me manquer."

Dora acquiesce d'un signe de tête qui fait tomber ses larmes sur ses mains.

"Tu ne peux jamais dire à personne comment est ton petit frère. Et je ne veux pas que tu ramènes des enfants de l'école à la maison, compris ?"

Debout près de la table de la salle à manger, Egbert toise Dora, du haut de son imposante stature.

"Mais, Eg, dit Emma. Frank a trois ans ! Un enfant de cet âge peut rester à la maison, malade ou pas, cela ne regarde personne quand même ?

— Précisément ! Cela ne regarde personne et ça doit rester ainsi. N'importe qui peut être un traître. Je ne veux pas que tu sortes avec lui ni que des étrangers entrent ici et le voient. Il reste chez nous, et il doit y être en totale sécurité. Je compte sur vous pour y veiller. Et maintenant, on n'en parle plus."

À présent que Stina est partie, Dora doit rentrer immédiatement de l'école pour veiller sur Frank quand Emma fait des courses.

"Viens avec moi, dit Gonnie, tu peux tout de même venir prendre le thé. Je te montrerai où j'en suis dans mon ouvrage de broderie.

— Non, dit Dora. Une autre fois."

Gonnie est grande et large. Elle a un visage carré, encadré d'une chevelure blonde, et fait trembler le sol sous ses pas. C'est la meilleure amie de Dora. Chez Gonnie, il y a six enfants, qui, tous, sont de grande taille et parlent très fort entre eux. Gonnie veut devenir médecin et travailler à la Croix-Rouge.

"J'épouserai le chauffeur de l'ambulance. Ainsi, nous serons toujours ensemble. Et toi ?

— Je serai pianiste, dit Dora.

— Tu ne te marieras pas ?

— Non", dit Dora.

Le père de Gonnie a un taxi. Il a quarante ans aujourd'hui et Dora a été invitée.

"Ma mère va faire un gâteau de crêpes, fourré de sirop. Moi, j'offrirai mon ouvrage de broderie à mon père. Il est terminé."

Gonnie adore le point de croix. De ses grandes mains, elle brode des motifs de laine de toutes les couleurs sur des morceaux de tissu que sa mère a découpés dans un sac à pommes de terre. Elle a d'abord tracé les dessins sur du papier quadrillé. Deux vaches dans une prairie verte, avec çà et là une croix jaune pour figurer des renoncules. Dora trouve cela affreux. Mais le père de Gonnie est content, il assied sa fille sur l'un de ses genoux et lui donne un baiser. Elle passe le bras autour des épaules de son père et appuie un moment sa tête imposante contre lui, en fermant ses yeux pâles.

"Ma grande fille, dit le père de Gonnie. Comme je suis content de t'avoir !"

D'un coup sec, la mère de Gonnie pose sur la table le plateau sur lequel trône le gâteau. Soudain, tout le monde se tait.

"Assez flirté, dit-elle. Va t'asseoir sur ta chaise, Gon, tu es trop âgée pour être sur les genoux."

Elle lève le couteau de cuisine menaçant et le laisse retomber, avec un bruit sourd, en travers du gâteau, dont le sirop s'écoule sur les côtés.

Dès la fin du goûter, Dora rentre à la maison.

Frank est assis dans son parc. Il tousse. Il y a un sifflement dans sa poitrine quand il respire et son visage est chaud.

Le docteur Tromp vient et enlève la brassière de Frank. Il pose le stéthoscope sur le dos de l'enfant et écoute.

"Je le craignais. Pneumonie. Ses poumons sont à nouveau complètement obstrués."

Il va peut-être mourir, pense Dora. Alors, c'est la guerre et mon petit frère est mort. Je reçois une robe noire pour l'enterrement et tout le monde vient me serrer la main. Quel malheur, pensent les gens, une fillette si jeune qui perd son frère. Comme elle est courageuse.

"Pourquoi Frank est-il toujours malade ?

— Résistance. Peu de résistance. Il devrait prendre beaucoup de lait et des vitamines. Des légumes, des oranges et des bananes. Il n'y a rien de tout cela. Et il est particulièrement fragile parce qu'il garde toujours la bouche ouverte. Toutes les bactéries peuvent y entrer."

Dora regarde son frère. Sa grande langue sort de sa bouche. La rigole qui sépare le nez des lèvres est remplie de morve. Il est assis bien droit et frappe des deux mains sur ses jambes.

"Je vais voir ce que j'ai encore chez moi, dit le docteur Tromp à Emma. Si vous passez au début de la soirée, je vous donnerai les médicaments. Une potion, je pense, car les pilules sont difficiles à avaler."

"Frankie, Frankie", murmure Dora. Elle est accroupie devant le parc et regarde entre les barreaux. "Tu veux sortir ? On va jouer ?"

Elle essaie de soulever l'enfant, mais n'y parvient pas. Alors, elle entre dans le parc, met ses bras autour de la taille de Frank et le hisse au-dessus du bord. Il atterrit sur le sol avec un bruit sourd. Il heurte de la tête le canapé et glisse lentement en arrière. Dora craint qu'il se mette à pleurer, elle escalade le parc et rampe sur les genoux jusqu'à son frère, dont elle caresse le visage de ses cheveux.

"Frankie ?

— Wohah", dit Frank, ce qui signifie Dora. Elle sort l'alèse et la couverture du parc et les pose en dessous du piano. La couverture est humide, tout comme la culotte de Frank. Elle attire celui-ci vers l'instrument et, en progressant sur les genoux et les coudes, elle va se coucher à côté de lui.

"Ramper, Frankie, ramper ?"

Couché de côté sur la couverture, il rit. "Wohah ! Wohah !"

Les jambes de Dora sont à présent assez longues pour atteindre les pédales. Cela tombe bien car on peut difficilement s'en passer pour exécuter les *Mazurkas* et les *Valses* de Chopin qu'elle apprend pour le moment. M. De Léon ne voulait pas les lui jouer.

"Il vaut mieux que tu découvres toi-même comment tu veux les interpréter, dit-il en secouant la tête. Qui suis-je pour te dire comment tu dois jouer Chopin ? Familiarise-toi avec les morceaux pendant une semaine. Puis, tu me les feras écouter !"

Au début, Dora trouve cette musique étrange. Si on la joue minutieusement, comme les inventions de Bach, on arrive difficilement à rendre fluide la mélodie ornementée de la main droite, et le morceau perd sa force. Il faut recommencer à chaque mesure. Si son pied droit entre en scène, tout change soudain. La pédale maintient les basses de sorte que l'œuvre progresse sans peine de mesure en mesure et que les fioritures de la mélodie se fondent en murmure dans l'ensemble. Comblée de joie, elle joue pour son professeur, qui lui prend les mains en riant.

"Tu vois ! Laisse libre cours à tes oreilles et à tes mains. Tu peux leur faire confiance."

Lorsque Dora s'arrête de jouer, Frank s'est endormi. Elle le couvre et va attendre Emma dans la cuisine. La porte s'ouvre, Emma et Egbert rentrent ensemble. Ils parlent avec animation et arrivent dans la cuisine sans enlever leur manteau. Emma tient à la main un flacon contenant le médicament du docteur Tromp. Le liquide a une étrange couleur orange.

"Vaz Dias et Meijer, tous les deux ! Coffrés !" Le visage d'Egbert est blême.

"Je vais démissionner. Si mes collègues sont traités de la sorte, je ne veux plus rien avoir à faire avec le tribunal. J'aurais dû partir l'année dernière, lorsqu'ils ont été licenciés. Sans aucune raison. J'ai été lâche. Maintenant, ça suffit. Je n'en peux plus, Emma, plus du tout !"

Emma, assise sur une chaise de cuisine, regarde fixement le flacon posé sur la table.

"Viens te reposer, Egbert. Réfléchis bien. Peut-être seras-tu plus utile si tu restes, il y a des exemples de telles situations. Nous en reparlerons ce soir."

Dora est assise dans un coin, près de l'évier. "Frank dort, dit-elle à Emma. J'ai joué pour lui et il s'est endormi sous le piano.

— Je ne veux pas que tu le trimballes partout ! crie Egbert, furieux. Tu risques de le laisser tomber et qu'il se casse le cou. Un enfant ne doit pas se coucher sous le piano, tu dois cesser ces stupidités." Dora ne dit mot, Emma regarde fixement la scène. Dans la chambre, Frank se met à crier.

Tous les soirs, des pommes de terre, parfois avec des carottes ou des betteraves et, une seule fois, un œuf ou un morceau de viande. Emma fait souvent de la soupe, c'est meilleur. Dora et Gonnie cherchent de longues feuilles de pissenlit, pour en faire une salade. C'est amer, en fait, ça ne se mange pas. Frank mange de la bouillie. Maintenant, il avale facilement et a toujours faim. Il ne peut pas manger tout seul, il jette tout par terre.

Au milieu de l'été, un homme se présente à la porte, portant un gros paquet sous le bras. Il a été envoyé par Stina. Le colis contient un fromage mou, blanc et un morceau de lard fumé, une saucisse et une quinzaine d'œufs, emballés chacun dans une feuille de journal. Emma reste sans voix. Elle fait entrer l'homme dans la cuisine et lui sert un petit verre du genièvre qu'Egbert conserve jalousement. Stina va bien, dit l'homme. Il n'y a pas d'Allemands à Stegeren et chacun vaque à ses occupations. Le mois prochain, c'est l'abattage, ensuite, on pourra à nouveau chasser et ceux qui n'ont pas à manger prendront des lapins. Stina aide sa mère à la fabrication des fromages et fait encore bien d'autres choses, dit l'homme. Emma ne pose pas de questions. Dora est montée écrire une lettre à Stina.

"Chère Stina, c'est la guerre. Papa est tout le temps fâché et maman toujours fatiguée. Reviens, Stina, reviens."

Dora déchire le papier, prend une nouvelle feuille et écrit une autre lettre.

Couché dans son petit lit, Frank râle en respirant et Dora essaie de s'endormir en nourrissant des pensées secrètes. Elle monte sur une scène devant une salle pleine de gens, jusqu'au balcon. Tout le monde est là : Gonnie et ses parents, papa et maman entourant Frank, le docteur Tromp et Stina. Dora s'incline et va s'asseoir devant l'énorme piano. Elle joue en pensée, dans le rythme exact, en faisant toutes les reprises. Jamais encore les gens n'avaient entendu musique aussi belle. Ils applaudissent, exultent et lui offrent des fleurs. Tout au fond de la salle, un homme en noir est appuyé contre la porte. Il la regarde. Elle s'incline. Couverte de bouquets, elle quitte la scène et se dirige vers l'homme. Il l'entoure de ses bras et l'emmène. Pour de bon.

*

* *

Il fait si froid dans l'école que les enfants sont autorisés à garder leur manteau. Dora écrit les mains couvertes de vieux gants d'Emma. Elle en a coupé les doigts pour pouvoir tenir le porte-plume. En décembre, on ferme l'école car, à cause du froid, plus aucun élève n'arrive à se concentrer. Dora ne s'en plaint pas. À présent, elle peut jouer du piano toute la journée. Et aider Emma à s'occuper de Frank.

Celui-ci ne peut rien faire d'autre que se frapper les cuisses des deux mains, des heures durant, jusqu'à ce qu'elles soient toutes rouges. Emma les protège en y posant un coussin. Dora lui donne une cuiller de bois et place un seau retourné entre ses jambes. Effrayé par le bruit, Frank pleure.

Ce qu'il préfère, c'est cogner. Il recule sur les fesses vers le mur, rejette la tête en arrière jusqu'à l'atteindre et tape. Les trépidations emplissent toute la maison.

"Vous devriez sortir avec lui, dit le docteur. L'air et la lumière lui feraient du bien. Emmenez-le dans son berceau pour faire vos courses."

Emma soupire et secoue la tête.

C'est la lessive qui est le plus difficile. Emma a découpé des langes dans de vieilles nappes. Elle les lave dans la baignoire, avec de l'eau froide et du savon gris. Les langes propres sentent aussi mauvais que les sales.

Ils ont renoncé aux draps. Frank dort sur l'alèse qui recouvre tout le matelas. Une serviette est placée sous sa tête.

Egbert lui a fabriqué une solide chaise d'enfant, dans laquelle on le met à table. Il cogne la tête contre le coussin cloué au dossier. Il est assis en face de son père. Dora et Emma sont également face à face, aux deux autres côtés de la table. Elles donnent à manger à Frank à tour de rôle. Dora pense sans arrêt à la fugue qu'elle est en train d'étudier, se concentrant, en silence, sur les trois voix du morceau pour bien comprendre comment elles se combinent.

Au moment d'ouvrir la porte de la cour intérieure, Dora constate que la plaquette portant le nom a été enlevée. Les trous des vis sont visibles dans le mur.

Ils vont s'asseoir ensemble auprès du poêle qui ronfle, le dos tourné vers les deux pianos. Dora soupire et adresse un sourire à M. De Léon. Des soldats bottés jusqu'aux genoux, un mongolien qui cogne de la tête contre le mur, une marmite où trempent des langes souillés sur le feu. Ici, plus rien de tout ça n'existe.

M. De Léon a, sur les genoux, le *Concerto pour piano* de Haydn, le premier vrai concerto que Dora va étudier. Il lui montre comment orchestre et soliste alternent, se cèdent mutuellement le pas ou se barrent la route. La soliste, pense Dora, c'est moi. Elle ne dit jamais rien ; à l'école, on l'appelle la silencieuse. Elle est, certes, présente dans la classe, mais elle n'en fait pas partie. Elle habite, certes, chez papa et maman, mais elle est différente d'eux. Elle a, certes, un frère, mais elle aurait voulu ne pas en avoir. C'est une “soliste”.

Emma lui a tricoté un cardigan en laine bleue de récupération. Les manches, d'une longueur supérieure à la normale, se terminent par une petite fente qui laisse passer le pouce.

Pendant la leçon, ils jouent solennellement l'intégralité du concerto de Haydn. M. De Léon lui donne deux livres aux couvertures jaunes, l'un sur Haydn, l'autre sur Mozart. "Pour Dora", écrit-il à l'intérieur, "un peu de lumière en ces années sombres."

Frank doit apprendre à se tenir debout. Egbert le redresse et le soutient. Les genoux de l'enfant n'ont aucune force, ils fléchissent dans tous les sens. Il tombe. Egbert lui a acheté une grosse balle rouge. Il place l'enfant bien droit, le dos appuyé au canapé, et fait rouler la balle vers lui. Frank se met à pleurer. Il tombe de côté et se cogne la tête sur le sol. Egbert s'assied près de lui et prend la balle. Il y pose délicatement la main de Frank. Puis il la fait rouler contre le mur, elle y rebondit et revient lentement. Egbert la saisit avant qu'elle n'atteigne Frank.

Tu dois enlever tes chaussures, pense Dora. Tu dois te défaire de ces gros souliers noirs vernis quand tu t'assieds sur le sol, car ce n'est pas beau. Tu dois faire disparaître ces longues jambes stupides. Tu dois enlever de tes genoux cet enfant idiot. Tu dois envoyer cette fichue balle par la fenêtre.

Elle poursuit sa lecture du livre jaune. Il l'aimait, cette musique que le petit Haydn écrivait à la lumière d'une bougie jusqu'à en avoir mal aux yeux, et même au-delà.

Debout dans la cour intérieure, Dora ne sait ce qu'elle doit faire. La porte de la salle de musique n'est pas fermée à clé, elle est entrée et a revu les pianos, la table de travail, le poêle. Il n'était pas là. Il n'y avait aucun petit mot. Elle aurait voulu l'attendre et, peut-être, jouer le nouveau morceau de Debussy, dont les voix s'entremêlent de façon si étrange, comme dans un rêve ; tel est d'ailleurs le titre de l'œuvre. Elle n'osa pas toucher le clavier. Tout devait rester silencieux. À présent, elle est là, entre la lavande et le laurier, serrant contre elle le sac aux partitions.

Derrière le mur, des pas retentissent, martelés, ainsi que des voix d'hommes qui parlent en allemand.

Il faut qu'elle se cache, dans le coin, derrière la porte, ou qu'elle retourne dans la pièce se nicher sous le piano. Ses jambes, raides comme des piquets, ne lui obéissent plus. Elle a la bouche sèche.

Puis, c'est à nouveau le silence. Elle ouvre prudemment la porte et regarde dans la rue. Trois soldats disparaissent, au loin, derrière le coin. Dora se glisse à l'extérieur et rentre chez elle en courant.

Frank est assis dans la bassine et Emma le lave. Il tape des mains sur l'eau, éclaboussant tout. Dans le coin, se trouve le seau contenant les langes pleins de caca, mais Dora ne les sent pas.

"Il était parti. Il n'était pas là. Il y avait des soldats." Elle tremble, un voile noir lui passe devant les yeux.

"Tu as eu si peur, petit chou ? Va t'asseoir, je ne peux pas lâcher Frank, je viens tout de suite près de toi."

Emma sort Frank de la bassine et l'enveloppe dans une serviette. Installant l'enfant sur ses genoux, elle s'assied à côté de Dora, qui éclate aussitôt en sanglots. Elle tient toujours fermement le sac aux partitions.

Après le repas, Dora monte. Elle tremble encore trop pour s'asseoir au piano et elle n'arrive pas à réfléchir. Dans la chambre que gagne lentement la pénombre, elle regarde ses chaussures. Emma et Egbert se disputent dans la cuisine, on dirait une fugue à deux voix alternées qui continuent cependant à gronder lorsque l'autre joue le thème. Dora enlève ses souliers, se dirige vers l'escalier et s'y assied.

“Danger de mort ! dit Emma. Tu sais bien ce qui est arrivé à tes collègues ? Des rafles. Ils déboulent dans les maisons et cherchent partout. Tu le sais bien, quand même ?

— Il a une adresse. Il y était cet après-midi. Il ne s’est rien passé. On ne sait même pas si les soldats sont entrés.

— Insensé. Je trouve ça lâche, la façon dont tu laisses aller les choses. Nous avons une grande maison, la chambre de Stina est inoccupée. Un piano. Une personne de plus à table, ça ne fait pas de différence.

— Frank. Nous devons faire attention parce que nous avons Frank. À cause de lui, je ne veux prendre aucun risque.

— Tu mens, Egbert, tu mens ! Il y a danger et nous devons apporter notre aide, c’est aussi simple que ça !”

Silence. Raclement de pieds de chaises sur le sol.

“Emma. Demande-moi ce que tu veux, j’accepte de tout faire. Mais pas ça. Je t’en supplie : ne me demande pas ça.”

La porte d’entrée se ferme et les talons d’Emma résonnent sur les pavés.

Quand Dora descend, Egbert est assis, la tête appuyée sur la table de la cuisine. Elle reste à la porte et toussote.

“Où est maman ?”

Egbert tourne lentement la tête et regarde Dora de ses yeux rougis.

“Partie.”

Les assiettes sales sont encore sur la table. Dora prend de l’eau dans la grande casserole posée sur le poêle et la verse dans le bassin à vaisselle. Elle étend un peu de savon gris-vert sur le battoir et frappe et frappe et frappe l’eau. Je cogne comme Frank, pense-t-elle, je chasse mon père de la cuisine à coups de battoir. Va-t’en, va-t’en, va-t’en. Elle met le reste de nourriture dans une petite casserole munie d’un couvercle. À porter dans l’armoire qui est à l’extérieur. Mettre d’abord les verres dans l'eau. Puis les couteaux et les fourchettes. Les assiettes. Enfin, la casserole. Essuyer toutes les pièces une à une. Ranger. Frotter la table. L'évier. Vider le bassin. Elle met le seau à caca dehors, derrière la porte de la cuisine. Egbert est allé au salon. Il n'a pas allumé. Dora va au lit. Elle attend le bruit d'une clé dans la serrure.

Le lendemain matin, Emma a sorti son vélo de la grange. Son visage est tendu. Quand elle a les yeux sur vous, ce n'est pas vous qu'elle fixe, pense Dora, mais, au-delà de vous, une chose très éloignée. Jamais elle ne tourne la tête vers Egbert. Celui-ci ne la regarde pas non plus, il donne à manger à Frank. Dora ne peut rien avaler. Elle a la gorge serrée et une pierre sur l'estomac.

Emma boutonne son imperméable et met un bonnet sur ses cheveux. La main sur la poignée de la porte de la cuisine, elle dit : "Je vais chez Ida. Si tout va bien, je serai de retour ce soir."

Maintenant, Egbert lève les yeux.

"Tu ne vas pas ramener ça à vélo. Sinon, il fera nuit quand tu reviendras.

— C'est pourtant comme ça. Ce ne sont pas des vacances. Il y a urgence.

— Que faut-il faire pendant que tu n'es pas là ?

— Tu résous ça toi-même. J'y vais."

Dora voit sa mère disparaître le long du Singel, assise bien droite sur son vélo de dame. De chaque côté du porte-bagages, pendent les fontes souples dans lesquelles elle mettait les jambes quand elle était petite, à califourchon derrière sa mère dont elle entourait la taille de ses bras.

Egbert nettoie la chaise d'enfant. Il a mis Frank dans son parc. C'est plutôt une cage, pense Dora, plus haute qu'un parc normal et fixée au plancher par des sangles.

Son frère est en cage.

Elle prend son cartable et enfile son manteau. S'il me le demande, j'accepte, pense-t-elle. S'il lui demande de rester près de lui pour l'aider à s'occuper de Frank, elle enlèvera son manteau. Il est si fréquent que des enfants s'absentent de l'école, soit parce qu'ils sont malades, soit parce qu'ils ont soudain disparu, soit encore à cause d'un événement particulier – elle peut bien rester un jour à la maison. S'il le demande.

D'un pas déterminé, elle se rend à l'école. Il bruine un peu mais il n'y a pas de vent. C'est loin Montfort, à vélo. Et puis il y a le retour. Est-ce que tante Ida est chez elle ? Est-ce que le pont sur la rivière a été démoli ? Alors, maman devrait prendre un bateau. Ils vont peut-être lui voler son vélo. Elle ne reviendra peut-être jamais. Qu'est-ce qui se passe chez elle, pourquoi en est-il ainsi ?

Pas à pas, Dora longe les saules, en regardant fixement devant elle. Je le sais très bien, pense-t-elle, ça vient de moi. Pas de Frankie, pas de la guerre, pas de Stina, pas de papa. De moi. C'est ma faute.

*
* *

Dora joue. Frank est déjà au lit. Egbert est assis dans la cuisine, mais Dora joue des inventions à trois voix de Bach. Très lentement, sur un rythme constant, conduisant ses doigts avec une extrême attention. Quand tu joues Bach, a dit M. De Léon, tu mets de l'ordre en toi, ta tête est nette. Tu dois jouer Bach chaque jour, tout au long de ta vie.

La porte de la cuisine. Huit heures ont sonné depuis longtemps et pourtant il vient encore quelqu'un. Emma ! Sans bonnet et les chaussures trempées. Elle porte les fontes sur le bras et les pose sur l'évier.

“Haricots à couper en conserve. De la part d'Ida.”

Egbert la débarrasse de son manteau. Assise sur une chaise de cuisine, elle se penche pour délacer ses chaussures. Elle est si fatiguée qu'elle garde la tête sur les genoux. Egbert s'accroupit près d'elle et lui frotte les pieds avec une serviette.

"Comment ça s'est passé ? Raconte un peu, Emma ?

— Bien. Tout va bien. J'ai été arrêtée une seule fois, au retour. C'était si loin. Je suis à bout de forces."

Emma écarte les mèches de cheveux de son visage et pose les bras sur la table, entre les assiettes séchées et les plats nettoyés. Dora est debout dans l'embrasure de la porte. Elle aurait dû ranger. Oublié. Mettrait-elle encore la pile d'assiettes dans l'armoire ? Elle avance d'un pas dans la cuisine, aperçoit le visage de sa mère et se fige. Les yeux qu'Emma pose sur sa fille sont perçants et féroces. Un rictus lui déforme la bouche. Elle aspire l'air avec un sifflement comme si elle allait pleurer, comme si elle tombait dans un précipice. Puis, soudain, elle faiblit et ses mains glissent de la table. Le plat à viande en acier cliquette sur le carrelage. Métal contre pierre. Le son reste suspendu un moment dans la cuisine.

Emma se redresse et regarde Egbert.

"Tout est réglé. Ida a approuvé. Ils ont encore quelqu'un d'autre là-bas.

— Qu'as-tu dit ?

— J'ai dit ce qu'il fallait."

Egbert ne dit mot.

"Quelqu'un va le faire passer. J'ai une heure et un mot de passe. Il doit partir demain après-midi. Je vais écrire un petit mot que Dora pourra emmener dans ses partitions. Tu as bien une leçon demain ?" Dora acquiesce. À midi et quart, voudrait-elle ajouter, mais aucun son ne sort.

Emma se lève et prend du papier et une enveloppe sur son petit bureau qui se trouve dans la chambre. Dora regarde Egbert.

"Emma, dit-il, va d'abord te reposer un peu. Cette lettre peut attendre demain. Tu es épuisée.

— Non. Je ne prendrai pas de repos avant d'avoir tout écrit. Sinon, je vais oublier. Il doit brûler la lettre, Dora, tu dois y veiller, quand il l'aura lue."

Emma écrit en traits précis, on entend les coups de crayon sur la table.

Il s'en va. Il va habiter à Montfort, chez tante Ida. Aussi longtemps qu'il y aura la guerre. Dora est couchée dans son lit. Elle mord dans ses draps pour ne pas pleurer. En fait, elle doit être contente. Il est en sécurité. Contente.

Elle n'est pas contente. Elle ne peut se passer de lui. Ni des leçons ni des conversations au coin du feu. Et si la guerre durait encore très longtemps ? Et s'il voulait rester toujours à Montfort ? Demain, ce serait la dernière leçon !

Elle secoue énergiquement la tête de droite et de gauche sur l'oreiller. On dirait Frank, pense-t-elle. Il n'y a rien de grave. M. De Léon va habiter pendant un petit temps chez tante Ida. Si elle le veut vraiment, elle ira aussi là-bas. À vélo. Elle frappera à la porte et entrera. Ils seront ravis de la voir. Suze lui demandera de rester. Elles sont amies. Tous les jours, elle jouera avec M. De Léon. Ils étudieront à tour de rôle. Elle l'écoutera. Elle aura une leçon quand elle le souhaitera. Ils mangeront des haricots à couper et de la compote de pommes avec du poulet rôti. C'est bien, elle le fera. Peut-être pas tout de suite, mais elle le fera.

Le lendemain matin, Dora prépare son cartable près du piano. Le lourd recueil des sonates de Beethoven, les *Études*, les *Mazurkas*, et les *Inventions* de Bach.

"En réalité, on ne peut pas faire ça. Envoyer une enfant dans la rue avec une telle lettre. Si elle est attrapée, nous y passerons tous. Chez Ida aussi. Donner une telle responsabilité à une enfant de dix ans ! Nous sommes tout simplement fous. Je vais la porter moi-même.

— Cela ne me paraît pas intelligent. Tu n'y arriveras jamais, ça va éveiller les soupçons. Dora est connue dans le quartier, elle y passe deux ou trois fois par semaine depuis des années. Personne ne trouvera étrange de l'y voir. C'est dangereux, je te l'accorde, mais elle ne fait rien de bizarre, tu peux lui confier cette mission.

— Je préférerais pourtant y aller moi-même", dit Emma.

Dora entre dans la cuisine avec son cartable ouvert. Emma lui donne une enveloppe brune contenant la lettre. Aucun nom n'y est écrit. Dora la range dans le livre de Bach, à la page de l'invention à trois voix numéro neuf, en *fa* mineur, la plus triste et la plus belle qu'elle connaisse. Puis elle ferme le cartable.

"Donne-la-lui tout de suite, dit Emma. Et s'il se passe quelque chose d'étrange, comme récemment, tu repars tranquillement."

Elle va sauver son professeur. Grâce à elle, il sera en sécurité. Elle le sauve.

Pendant toute la matinée, le cartable est rangé sous le pupitre, appuyé contre les jambes de Dora. À la récréation, elle reste en classe pour achever un travail. En fait, elle a envie de faire pipi, mais il n'en est évidemment pas question, à cause de ce cartable.

Enfin la cloche retentit. Dans le couloir, elle met le cartable entre ses pieds pour passer son manteau.

"Tu viens avec moi ? demande Gonnie. Non, tu as une leçon, bien sûr. Et puis, tu ne peux jamais !"

Dora acquiesce et traverse la cour de l'école. Pourvu que personne ne la retienne. Pourvu qu'il soit chez lui. Pourvu que tout se passe bien. Cela ira bien si on ne lui dit plus rien. Si elle ne rencontre personne. Si elle ne lâche pas le cartable.

Le trajet de l'école à la leçon suit une rue longue et étroite, bordée de magasins. À mi-chemin, il y a une légère courbe. Au bout, la rue débouche sur la large artère où habite M. De Léon. Dora marche sur le trottoir, elle regarde où elle met les pieds, serrant le cartable de ses deux bras contre son ventre. C'est le printemps, l'air est doux et Dora transpire. Elle sursaute quand un camion militaire vient soudain à sa rencontre. Le véhicule roule vite, beaucoup trop vite pour l'étroitesse de la chaussée. Elle suit la courbe et aperçoit, au bout de la rue, un groupe de gens ; on dirait un barrage. Il y a des soldats casqués. Dora se précipite à travers le groupe. Elle se faufile entre les gens qui stationnent près du barrage et regarde. La route est fermée au trafic habituel. Des dizaines de soldats armés de fusils et de bâtons déambulent. Ils emmènent une longue file de personnes au milieu de la rue. Jeunes et vieux, hommes, femmes, enfants. Certains d'entre eux portent l'étoile jaune. Tous sont chargés de bagages, valises, filets à provisions, cartons. De petits groupes de soldats arpentent le trottoir et sonnent à toutes les maisons. Sans attendre la réponse, ils démolissent les portes à coups de pied. Puis, ils se ruent à l'intérieur en hurlant. Aucune habitation n'est épargnée.

Le portail qui donne accès à la cour intérieure de M. De Léon est grand ouvert. Un soldat en sort, traînant par le bras le professeur qu'il pousse dans le cortège. Un autre militaire les suit.

Parmi les personnes rangées le long des maisons, règne un silence de mort. Dora rampe sous le barrage et se trouve sur la chaussée. Elle sent ses cheveux se dresser dans son cou. Une femme la tire par la manche, elle trébuche et retombe dans la file des spectateurs. M. De Léon a une petite valise à la main. Il porte un chapeau noir et un long manteau sombre, sans étoile. Il tourne lentement la tête et promène son regard sur la foule. Il regarde Dora, il regarde à travers elle, il regarde au-delà d'elle comme s'il ne la connaissait pas. De sa main libre, il soulève son chapeau. Dora voit la tache glabre dans la chevelure noire. Il salue solennellement en inclinant son couvre-chef, qu'il repose ensuite sur sa tête. M. De Léon se joint au cortège et sort de la rue avec les autres.

# II

# 11

Au-delà de Fontainebleau, Bau décida de quitter l'autoroute. Sur la voie rapide, on reste en dehors du pays, on est entraîné comme le sang à travers le corps, emprisonné dans un système de tuyaux. Liberté, avait dit Johanna, et c'était bien ce que voulait Bau. Mais pas trop. Il connaissait les zones fragiles de ses pensées et savait qu'il n'était pas bon pour lui de rester seul trop longtemps. Le ruban gris de l'autoroute ne permettait pas le contact avec les maisons, les cordes à linge et les gens faisant leurs emplettes.

Malgré l'agacement causé par les feux de signalisation et les camions difficiles à dépasser, il se sentit apaisé et soulagé lorsqu'il eut atteint la route longeant la rivière. Les cyclistes et les bateaux de plaisance lui rappelèrent l'Amstel. Les rives étaient envahies d'herbes folles et, au loin, se dressaient des rangées de peupliers.

Il se dit qu'il ne fallait pas qu'il ait envie de rester là. Dans ce cas, il aurait pu tout aussi bien faire un petit tour à vélo chez lui. Il avait un plan, une destination à atteindre. On aurait dit que la campagne l'attirait. Il voulait poursuivre sa route, mais sans y réussir vraiment.

Pouilly. C'est donc de là que vient ce vin. De l'autre côté de la rivière, large à cet endroit, Sancerre couronnait une colline abrupte, sein unique dans le paysage. À une station d'essence, Bau descendit de voiture et s'étira. Entre la route et la rive, il y avait un parc ; au pied des arbres, l'herbe était desséchée ou absente, des enfants en baskets crottées jouaient et des personnes âgées étaient assises, leur caniche sur les genoux. La rivière répandait une odeur d'égout.

Tandis que le pompiste faisait le plein, Bau fit quelques pas, décollant de son dos sa chemise trempée de sueur. L'air tremblait au-dessus de l'asphalte. Contournant le garage, il constata que diverses petites entreprises s'étaient installées dans les souterrains creusés sous la route. On y voyait des tas de bois, un atelier de réparation de vélomoteurs et, sous l'arcade à demi couverte par le garage, le pompiste conservait deux grands fûts de vin. Bau y entra, cela sentait l'acide et l'alcool fade. Sur le sol, des caisses de bouteilles vides attendaient le breuvage. Le long du mur du fond, il aperçut des boîtes d'huile de moteur.

"Il ne faut pas rouler à cette heure-ci, dit le garagiste. Ce serait fou. Mangez plutôt un morceau, à votre aise, à l'ombre. Vous pouvez laisser la voiture ici, vous n'êtes pas si pressé."

Un signe, pensa Bau. Quelqu'un, dans ce pays, qui se met à votre place et vous tient des propos gentils sans se mêler de vos affaires. Je vais faire ce qu'il me dit. Il suivrait le conseil. Il achèterait à l'homme vingt bouteilles de son vin. Après l'avoir goûté.

Il ne vit les tours noircies de Clermont-Ferrand que dans le lointain. Maintenant, de plus en plus isolé, il roulait entre des volcans éteints qui semblaient recouverts d'une peau verte. C'est dans ce paysage lunaire que le garçon sauvage de l'Aveyron avait grandi sans jamais voir personne. Voilà qui plaide en faveur de la force et de la souplesse du pays, mais contre les hommes. Lorsqu'il leur tomba entre les mains, ils n'essayèrent pas de le comprendre ; ils tentèrent de le soumettre aux règles avec lesquelles ils se débrouillaient si bien eux-mêmes, et il mourut. Il survivra, le petit garçon sauvage, dans les introductions de nombreux traités consacrés à la débilité mentale. Toute autorité dans le domaine des soins de santé doit réfléchir à ce cas et prendre position sur l'échelle graduée qui s'étend de la liberté individuelle absolue à la soumission totale aux règles. Se coucher par terre à côté du faible d'esprit ou s'asseoir en face de lui à une table dressée pour lui montrer comment se servir d'un couteau et d'une fourchette. Il n'était évidemment pas prédisposé à la débilité mentale, ce sauvage, pensa Bau, mais la période sensible de l'apprentissage de la marche était passée sans qu'il ait eu sous les yeux l'exemple d'un être cher pratiquant cet art, et le temps de l'initiation à la compréhension et à la pratique de la langue était révolu. Il grognait, se traînait à quatre pattes et avait des dents blanches acérées. À l'arrivée de l'hiver, il se souvenait peut-être du précédent, à la fonte de la glace, il était sans doute fou de joie. Mais il ne se sera jamais dit : je ne rampe plus aussi vite que l'année passée. Il n'avait pas de mots pour ordonner le passé et le futur. Il n'a jamais non plus atteint la soixantaine, tant s'en faut. Bau oui. Il l'avait même dépassée, et il approchait d'Albi.

Il choisit un hôtel proche de la cathédrale Sainte-Cécile. Il traversa une fraîche oasis de briques bien ordonnées, le long de magasins exposant, sur leurs présentoirs, des articles coûteux. De petits groupes de touristes américains et japonais déambulaient du palais épiscopal à la basilique, mais il n'y avait pas foule.

De la fenêtre de la salle de bains, il voyait la rivière, traversée de deux ponts de pierre. Appeler Johanna ? Chérie, je suis à Albi, le soir tombe et, Dieu merci, il fait plus frais, boirais-je de l'eau, tout à l'heure, ou du vin, quand même ? Non, il franchirait seul ce pas délicat. Il avait roulé jusqu'ici parce qu'il convenait de rendre visite à Cécile avant d'aller vers Dora. Johanna n'avait rien à voir dans tout cela.

En fait, cette basilique était beaucoup plus belle à l'extérieur qu'à l'intérieur. Le portail d'entrée à la décoration trop chargée sortait de la sobre façade latérale tel un prolapsus intestinal, donnant au visiteur un avant-goût de l'intérieur. On ne le dira jamais assez : on était étourdi de couleurs, de styles, de matériaux et de manque d'espace vide.

Dans le chaos, Bau chercha Cécile, qui se cachait entre des guirlandes de pierre. Elle portait avec peine un petit orgue et avait les yeux fermés. Ses mains étaient grandes et musclées, seule caractéristique qui lui rappelât Dora. Il poursuivit son chemin sur le damier noir et blanc du sol en regardant les représentations de l'Ancien Testament. Vieux prophètes miséreux aux visages découragés, assez peu intéressants. On pouvait en voir de pareils à chaque réunion de direction.

Pas ceci, en revanche : entre les colonnes de grès, se tenait une femme qui soulevait sa robe rouge des deux mains, dévoilant la pointe d'une solide chaussure. C'était Judith. Ses manches et son bonnet étaient en or. Elle tenait la tête légèrement penchée et son visage n'avait aucune expression. Si, de concentration peut-être ; elle avait les yeux plissés et sa bouche entrouverte semblait aspirer l'air. Elle se dirigeait vers Holopherne, pour le séduire et le tuer. On aurait dit une pianiste qui se prépare à jouer un concerto de Brahms.

## 12

Bouillie au babeurre avec un sirop sombre, pommes de terre avec du lard, saucisses fraîches avec des mange-tout et des haricots blancs. Stina appelle cela l'homme-nu-dans-l'herbe. Dora est assise à table, silencieuse, chez les parents de Stina. D'abord, on lit un passage de la Bible, on sert ensuite. Dora mange tout. Elle ne dit rien, mais personne ne trouve cela étrange. Les parents de Stina eux-mêmes parlent peu. Ils trouvent que cela n'amène que des ennuis. Quand la conversation cesse, on est en léger désaccord. Cela ne sert à rien non plus, car chacun sait ce qu'il doit faire.

“Nous allons nager, dit Stina. Tu peux mettre mon vieux maillot, si tu veux. Ou pas de maillot du tout, personne ne nous voit. Viens.”

Le soleil, haut dans le ciel, fait scintiller l'eau. Un petit sentier serpente entre les prairies vers la rive. Il y a des pâturages à perte de vue, émaillés de bouquets d'arbres vert sombre. De l'autre côté de la rivière, un cheval efflanqué arrache du sol des touffes d'herbe, de ses dents jaunes. Le bruit du déchirement est audible.

Dora imite Stina. Elle quitte ses sabots et sa robe, qui est, en fait, un tablier. Stina se déshabille complètement. Les gros seins blancs pendent librement lorsqu'elle se penche pour poser ses vêtements. Dora le fait également. Elle plie sa chemisette et sa culotte et les range sur sa robe.

“Viens t’asseoir un moment au soleil, c’est bon pour toi. Cela te fait du bien d’être chez nous !”

Dora se regarde. Les ampoules et les blessures de ses pieds se sont cicatrisées. La peau est encore un peu tirée, c’est tout. Ses bras ne sont plus des bâtons. Certes, ses côtes sont encore bien visibles, mais c’est moins grave qu’avant l’été.

“Je suis si contente de t’avoir emmenée, tu avais la peau sur les os et ces vilains pieds d’hiver !”

Maintenant, elles sont couchées, nues, dans l’herbe. Un peu plus tard, elles se laissent glisser dans l’eau. Il y a un léger courant, qui n’est pas dangereux. Dans le coude de la rivière, des nénuphars s’élèvent du fond vaseux, perchés sur de longues tiges visqueuses. L’eau brunâtre sent le fer et la terre. Dora se laisse flotter sur le dos, les yeux fermés. Elle n’a même aucune pensée. Elle sent le mouvement du courant dans sa chevelure et la chaleur du soleil sur ses paupières. Elle entend la respiration saccadée de Stina.

Il est encore très tôt lorsque le père de Stina la dépose à la gare d’Ommen. Il lui donne un sac à dos plein de nourriture. Dans le train, elle repense à tout, pour ne rien oublier. Elle se rappelle les draps de tissu épais. Les grandes mains du fermier. Les paroles de ce dernier : “Reviens vite.” L’étable où l’odeur des vaches était si piquante et où l’on entendait parfois un violent coup de sabot contre le bois. La cuisine où la fermière jetait tous les restes de repas dans un bac destiné aux cochons. Sucré et salé mélangés. L’odeur de l’herbe. Le champ et les hauts buissons de genévriers telles de noires sorcières au crépuscule. Le ciel sombre et étoilé qu’elle voyait de sa fenêtre. Le silence.

Personne n’est venu la chercher, mais ce n’est pas grave, elle connaît le chemin. Chargée du sac à dos et de son bagage personnel, Dora longe la large rue dans laquelle habite M. De Léon en direction de la maison de ses parents. Elle regarde les pavés sous ses pieds.

Emma ouvre la porte. “Tu es déjà là ! Nous pensions que tu arriverais demain. Quelle joie de te voir !”

Les vêtements d’Emma dégagent une odeur aigrelette et sa voix est fatiguée. Il fait tout noir dans le couloir lorsque la porte d’entrée se ferme. Ici, c’est chez moi.

Maintenant, les mois sombres vont commencer. Pour la première fois de sa vie, Dora fait ses devoirs scolaires. Tous les jours, elle fait des additions et des exercices d’orthographe. L’année prochaine, elle ira au lycée où elle devra passer un examen d’admission.

“Ce n’est pas nécessaire pour devenir pianiste, avait dit Dora.

— Non, dit Egbert, mais je veux que tu aies une bonne éducation. Tu as le cerveau qu’il faut, toi. Aussi tu dois le faire.”

Mais elle a aussi les oreilles qu’il faut pour faire de la musique, pense Dora, alors ne doit-elle pas faire cela également ? Ou le cerveau a-t-il plus de valeur que les oreilles ?

Cela ne l’ennuie plus trop. Gonnie ira aussi au lycée. Le mercredi après-midi, elles suivent ensemble des leçons supplémentaires que le maître leur donne pour parfaire leur préparation. Dora découvre que c’est très amusant de réfléchir profondément à la solution d’une addition, de retenir toute une série de calculs intermédiaires et de veiller, en plus, à transcrire clairement le tout. Elle en a la tête si pleine qu’il n’y reste plus de place pour penser à la musique.

Elle n’ose pas jouer. Pendant le dernier hiver de guerre, elle ne le pouvait pas, il faisait trop froid, ses mains ne lui obéissaient plus et elle se sentait faible. À Stegeren, il n'y avait pas de piano. À présent, la vie a repris son cours normal et son instrument l'attend patiemment.

Frank aura bientôt neuf ans. Il est si grand qu'Emma ne peut plus le soulever. C'est une fameuse entreprise de le mettre au lit le soir. Un jour qu'Egbert étant parti, Emma la tenta seule, Frank s'agrippa à la rampe de l'escalier et ils dégringolèrent tous deux. Dora, qui avait quitté précipitamment ses additions, vit sa mère et son frère étendus sur le sol. Emma s'était foulé la cheville et Frank saignait du nez.

Egbert a aussitôt fixé au plancher du salon un lit solide entouré d'une haute grille percée d'une petite porte. Maintenant, Frank est toujours en bas.

On dirait une étable, pense Dora. Mon frère vit dans une étable, notre salon est une ménagerie, il en a d'ailleurs l'odeur. Frank meugle comme une vache. Il enduit tout ce qui l'entoure de son propre caca. Il se balance d'avant en arrière et cogne de la tête contre le mur de l'étable.

"Vous devez faire beaucoup plus de choses avec lui, dit le docteur. Un programme fixe, manger, sortir, chanter de petits airs."

Emma et le docteur Tromp sont assis à la table. Dora, debout dans le couloir, regarde dans la pièce par la porte entrouverte. Des tasses de thé. Un morceau de papier portant une prescription. Les bras nus de maman. Le docteur pose sa grosse main sur celles d'Emma et caresse du pouce l'intérieur de son poignet. Emma le regarde, esquisse un sourire et se raidit à nouveau. Elle acquiesce d'un signe de tête.

"Je sais. Je suis trop fatiguée. Je lui donne à manger, je le change. Mon mari le met au lit. Autrefois, la musique le calmait. Maintenant, nous sommes tous épuisés quand, enfin, il s'endort."

Elle a l'air gonflée, pense Dora. Tout en elle est devenu terne : les yeux, les cheveux, la peau. Si Frankie est si agité, pense-t-elle, c'est parce qu'elle ne joue plus pour lui. C'est sa faute, mais papa ne lui en tient pas rigueur. Tu ne joues plus ? demanda-t-il. Lorsqu'elle lui dit qu'elle avait trop de travail pour l'école, il opina.

Frank doit aussi passer une sorte d'examen d'admission. Il va, en taxi, avec Egbert et Emma, dans une grande maison pleine de mongoliens. Le docteur Tromp est venu en parler et maintenant, ils vont visiter les lieux. Emma est assise à l'arrière avec Frank, Dora lui fait un signe de la main.

Au piano. Soulever le couvercle. S'asseoir. Dora avale sa salive. Elle caresse prudemment l'ivoire souillé et enfonce les touches sans faire entendre un son. Les cordes libérées murmurent.

Elle joue tout l'après-midi : gammes, tierces et exercices d'assouplissement des doigts. Cinq minutes suffisent pour la rendre profondément heureuse et ivre de son.

Quand elle se lève, c'est presque le soir. Elle referme le couvercle et aperçoit son cartable à musiques appuyé contre le mur sous le clavier. Accroupie, elle l'ouvre : Beethoven, Chopin, Bach. De deux doigts, elle feuillette les *Inventions* jusqu'à ce qu'elle trouve celle qui est en *fa* mineur. La lettre n'y est plus.

Il y a un nouveau papier au mur et les peintres en blouse blanche vont et viennent dans la maison. Tout est facile. Frank a été admis à l'institution et la cage a été démolie. Emma dort huit heures toutes les nuits, elle va chez le coiffeur et se fait faire une nouvelle robe chez une couturière. Pendant la période du déménagement de Frank, Egbert fut encore plus silencieux que d'habitude, mais, maintenant, il rentre tôt du tribunal pour discuter avec les peintres. Le soir, ils mangent à trois à la table de la cuisine, recouverte d'une nappe repassée. Gonnie vient faire ses devoirs chez eux, parfois on la retient à dîner et elle raconte alors des histoires drôles qui font rire tout le monde. Même Egbert sourit quand Gonnie s'enveloppe la tête d'un torchon comme turban et imite le geste de militante de la reine Wilhelmine saluant la population du balcon du palais, le jour de son anniversaire. Son père l'avait emmenée en taxi, ils avaient mangé des beignets sous un chapiteau où il y avait des miroirs et s'étaient trouvés en présence d'une foule telle qu'ils n'en avaient jamais vu auparavant.

"Allez encore jouer un peu dehors, tant qu'il fait clair", dit Egbert. Il prend le torchon de la tête de Gonnie et va aider Emma à faire la vaisselle.

Dora joue du piano tous les jours, deux heures d'exercices techniques, puis elle s'arrête.

"Il te faut à nouveau des leçons, dit Emma. Rejoue donc de beaux morceaux, tu ne fais plus que des gammes. Pourquoi ne reprends-tu pas tes anciennes partitions ?

— Je fais de la gymnastique", dit Dora. Elle croise les bras devant sa poitrine. Elle a des fourmillements dans les avant-bras et ses doigts se sont pourvus d'une petite cuirasse de muscles. La maîtrise est rétablie, la machine obéit.

"Je te cherche un professeur ?"

Dora fait non de la tête. Un jour, elle longera la rue où il habite et la plaquette portant son nom aura réapparu. Et elle prendra de nouveau des leçons.

Dora a obtenu la note neuf à toutes les épreuves, qu'elle a abordées et réalisées sans nervosité. Gonnie, qui en connaît beaucoup plus qu'elle, avait les mains moites et le visage rouge. Ce qui lui valut des notes sept.

"Nous t'offrons une montre, dit Egbert. Samedi, nous irons ensemble en ville en chercher une belle.

— Je n'en veux pas." Dora examine ses poignets. Tout ce qu'on pourrait y suspendre entraverait sa liberté.

“Pourquoi es-tu si…, commence Egbert, mais Emma pose la main sur son bras si bien qu'il ravale le reste de sa phrase, le visage crispé.

— C'est l'examen de Dora, il faut lui faire un cadeau qui lui plaise. Tout le monde n'aime pas avoir l'heure sur lui. Nous trouverons autre chose.”

Soit, pense Egbert. Quand on entre à l'école secondaire, on reçoit une montre. Pourquoi Dora doit-elle toujours agir autrement, son amie n'en a-t-elle pas reçu une ?

Dora se glisse dans la chambre pour faire ses gammes.

Le lendemain, Egbert rentre avec un paquet allongé que Dora est priée d'ouvrir. Il contient des livres de musique : *Das wohltemperierte Klavier,* édité par Breitkopf et Härtel à Wiesbaden, en deux volumes. Ses yeux se remplissent de larmes. Elle a les livres sur les genoux et elle y a posé ses mains, qui ne peuvent plus faire que de la gymnastique.

Le plus beau cadeau qu'ils aient pu trouver, l'œuvre dont il parlait sans cesse, que tout pianiste joue, sa vie durant.

“Tu es contente, chérie ?” demande Emma. Dora fait oui de la tête. Egbert toussote et va dans son bureau.

Au lit, Dora feuillette ses nouveaux livres. C'est une édition très complète : on y trouve le doigté, les liaisons, l'indication des fioritures, un commentaire technique et théorique en quatre langues. M. De Léon trouverait cela nul, car toutes ces instructions vous empêchent de réfléchir par vous-même. Dora ne veut pas penser, elle veut apprendre et, avec ce livre, ce sera merveilleux. Il est mon professeur maintenant, se dit-elle avant de s'endormir.

Dora se plaît beaucoup au lycée. On n'a pas le temps de s'y ennuyer ; après chaque leçon, on se lève et on va dans un autre local pour étudier une autre branche avec un autre professeur. Celui qui enseigne l'histoire est un homme jeune, aux boucles blondes figées, posées sur son crâne comme des vagues sculptées. La première année, il a traversé la préhistoire à un rythme d'enfer.

Actuellement, en deuxième, il parle avec enthousiasme de la démocratie grecque et des conquêtes de l'armée romaine. Dora aime l'écouter.

"Aujourd'hui, vous pouvez fermer vos livres, dit le professeur, par un après-midi ensoleillé. Nous n'étudions pas l'histoire ancienne, mais je vais vous parler de la guerre, parce que, demain, nous fêterons la libération."

Son visage est rouge et sa voix tremble un peu. Il ne se tient pas comme de coutume derrière son haut pupitre, mais va s'asseoir sur le premier banc vide, tout près des élèves. Dora aperçoit, au-dessus de ses chaussettes, un morceau de jambe nue, blanchâtre et poilue. C'est la première semaine de mai, Dora a quatorze ans.

"Où est ton manteau ?" demande Emma.

"Qu'est-ce que tu as ? Tu ne te sens pas bien ?" Dora ne sait comment elle est revenue à la maison. Après les cours, elle est sortie de l'école en courant, Gonnie l'a suivie avec son sac, mais elle avait déjà tourné le coin et traversé la rue. Elle a couru si vite qu'elle a eu un point de côté ; pliée en deux de douleur, elle ne pouvait plus avancer. Assise près du caniveau, elle a pressé ses yeux contre ses genoux en répétant mille fois *non*.

Emma la pousse sur une chaise près de la table de la cuisine. Elle pose un verre d'eau devant elle.

"Tu aurais dû le dire."

Dora ne regarde pas sa mère. Elle a croisé les bras et parle entre ses mâchoires serrées de colère.

"Vous le saviez. Avec les Juifs... Ce que les Allemands avec les Juifs... Ce qu'ils faisaient dans le camp. Tu aurais dû le dire."

Emma s'assied à côté de sa fille et passe un bras autour d'elle. Mais Dora la repousse d'un mouvement d'épaules, elle se redresse et regarde Emma : "Il ne reviendra donc plus jamais ! Il a été assassiné. Mort !"

Emma acquiesce. Elle a pâli. Les voilà donc assises à table, l'une près de l'autre. Aucune des deux ne se lève, aucune des deux ne peut prononcer une parole. Après un long moment, Emma chuchote : "Je ne pouvais pas le dire. Je ne voulais pas le savoir. Je voulais que ce ne soit pas vrai. C'est notre faute. Nous aurions dû le faire cacher plus tôt. Un jour plus tôt. Un seul jour.

— Que s'est-il passé ? demande Dora. Tu le sais, tu es allée le demander ?

— Oui. Pendant le transport vers Auschwitz. Il est mort, pensent-ils. Là-bas. Ils n'ont pas dit comment."

Comment pourrait-elle dormir ? Comment pourrait-elle éteindre la lumière et se mettre au lit ? Dès qu'elle se couche, des files de gens vêtus de sombre commencent à marcher et des soldats se mettent à crier. Elle a des nausées, quelque chose dans son estomac voudrait sortir et, prise de haut-le-cœur, elle se penche au-dessus du lavabo. L'onde libératrice ne vient pas, les larmes non plus. Dora fait couler de l'eau froide sur son visage, dans sa bouche, le long de sa gorge. Peut-être s'est-il laissé tomber du train. Peut-être n'est-il pas allé tout de suite au camp… Il devait peut-être travailler là-bas, et il s'est échappé à travers les hauts épis de maïs, vers le bois. Mais la file des gens marche toujours, les visages sont tendus. S'ils ne vont pas assez vite, les soldats les frappent dans le dos.

Elle voudrait être comme Frankie. Elle voudrait cogner et cogner encore et se faire si mal à la tête qu'elle ne voie plus rien et ne comprenne plus rien.

Mais elle est Dora. M. De Léon est parti, coiffé de son chapeau noir, et il ne reviendra plus jamais. Il a été roué de coups dans le train, en a été éjecté en Pologne et poussé parmi des centaines de personnes vers un bâtiment où… Dora entoure sa tête de ses bras et pense à l'invention en *fa*, pense très fort à toutes les voix, au doigt qu'il faut utiliser pour jouer telle note, elle ne peut pas se tromper, elle doit savoir avec précision à quel passage le bras conduit les doigts et à quel autre les poignets doivent suivre docilement, elle doit s'appliquer si intensément que plus rien n'existe que cette mélodie.

Après la leçon d'histoire, Dora reste dans la classe. Elle farfouille dans son sac tandis que le professeur efface le tableau. L'air est rempli de craie. Dora tousse.

"Tu veux me demander quelque chose ?" Le professeur se tourne vers elle. Il tient le chiffon levé, prêt à reprendre son travail.

"Oui, dit Dora. À propos de la semaine dernière. Ça s'est passé comme ça, ça s'est toujours passé comme ça ? Ou certaines personnes ont-elles échappé, pouvait-on s'enfuir ? Vous n'en avez rien dit. J'aimerais le savoir."

Le professeur pose le chiffon sur la table et soupire.

"Je me suis un peu laissé entraîner par les circonstances. Cinq mai. Je me suis laissé aller. Je n'aurais pas dû vous raconter ces affreux événements de cette manière. Le recteur m'en a parlé. Cela t'a effrayée ?

— Est-ce qu'on pouvait s'enfuir ?" redemande Dora. Elle regarde, au-delà de lui, le tableau maculé et attend.

"Certains ont été cachés, ça tu le sais bien. Et il y avait, en effet, des moyens de fuir. Des gens faisaient la traversée vers l'Angleterre dans de petites barques de pêcheurs, en échange de beaucoup d'argent. Ou bien ils s'échappaient vers la France d'où ils étaient emmenés vers la Suisse ou, par les Pyrénées, vers l'Espagne. À pied ! Même quand les gens avaient déjà été pris, il arrivait qu'un miracle se produise : je connais quelqu'un qui, lors d'une marche en colonne vers la gare, continua tout droit à un tournant de la route et se retrouva dans la rangée des spectateurs. Ceux-ci se resserrèrent les uns contre les autres et l'homme disparut. Tu cherches quelqu'un, tu as perdu quelqu'un ?"

Dora acquiesce.

"Et pouvait-on s'échapper du train ? demande-t-elle.

— Ça, je ne pense pas. C'est presque impossible."

Le professeur voudrait en dire encore beaucoup plus. Il s'est assis et regarde fixement Dora.

"Merci bien, dit-elle, à demain."

Par une chaude journée de juillet, la sonnette retentit et une femme au visage vaguement connu apparaît à la porte. Elle a une permanente stricte et porte un imperméable clair qu'elle a entièrement boutonné.

"Que puis-je faire pour vous ? demande Dora. Vous voulez voir ma mère ?"

Emma se dirige déjà vers la porte ouverte. "Madame Kooi, dit-elle, qu'est-ce qui vous amène ? Entrez donc.

— Non, oui, ça va comme ça", dit la femme. Elle tient des deux mains un grand sac devant son ventre. "Il s'agit du monsieur qui habitait à côté de chez moi, vous savez. Chez qui votre fille prenait des leçons."

Dora a la tête qui tourne. Se peut-il qu'il ait fait savoir quelque chose à cette femme ? Une lettre ? Un signe de vie ?

Lorsqu'elles sont assises toutes les trois autour d'une tasse de thé, elle n'en peut plus.

"Avez-vous eu des nouvelles de lui ? Entendu ou reçu quelque chose ?

— Non, petite, c'est justement pour cela. Il ne reviendra pas. Tant de personnes sont parties. Nous avons conservé quelques affaires, mais ce n'est plus possible. Nous devons déménager. Je ne peux pas tout emmener. C'est de la musique, des valises pleines de livres. C'est lourd comme du plomb."

D'après les réponses aux questions d'Emma, il apparaît clairement qu'il ne reste plus rien des biens de M. De Léon. La maison a été pillée et il y a longtemps qu'une autre famille l'habite. Il a mis lui-même les partitions dans des valises qu'il a apportées chez sa voisine.

"Pour la jeune fille", dit Mme Kooi, en regardant Dora de côté.

“Il a dit que s’il disparaissait, elle pourrait avoir ses musiques. Vous pourriez peut-être venir les chercher, car nous n’avons plus de place.”

Deux valises pleines. Dora est agenouillée sur le sol à côté du piano et renifle l’odeur de vieux papier. Emma l’a aidée à libérer des planches de la bibliothèque, pour y mettre les musiques. Dora fait de petites piles : études, concertos pour piano, classique, romantique, impressionniste, moderne. Des tas séparés pour Bach, Beethoven, Schubert, Brahms. Une pile de morceaux à quatre mains.

Elle feuillette chaque livre de bout en bout et examine chaque page, comme si elle devait trouver un message entre les indications de doigté et les traits signalant les passages difficiles, comme si son ancien professeur lui avait envoyé une lettre en langage secret.

*

* *

Dora est debout devant le miroir de la salle de bains, dans son nouveau soutien-gorge. Elle croise les bras sous ses seins qu’elle soulève. Elle se tourne et regarde, par-dessus son épaule nue, la femme que révèle le miroir. Lentement, elle laisse descendre les bretelles. Elle se tourne à nouveau vers son image, les yeux mi-clos. Le soutien-gorge glisse, dévoilant les mamelons rose sombre. Elle les caresse prudemment des pouces jusqu’à ce que, devenus durs et fermes, ils pointent obliquement vers le haut. Elle avale. Elle brosse son épaisse chevelure noire. La robe de soie côtelée gris-bleu paraît avoir été coulée sur elle, Emma l’a fait faire par la couturière. Dora a aussi reçu des souliers noirs. Avec un petit talon.

Les genoux serrés à cause de l’étroitesse de la robe, elle rejoint à vélo Gonnie, qui l’attend avec Joël. C’est l’ami de Gonnie. Ils s’embrassent dans la remise des vélos lorsqu’il la ramène le soir, après le cinéma. Gonnie dit que c'est la meilleure chose qu'elle connaisse. On se sent le ventre tout mou et on ne désire plus rien d'autre. Dora comprend bien, elle connaît cette sensation, mais s'imagine mal Gonnie et son ami en train de faire l'amour.

Peter est gentil. C'est le frère aîné de Gonnie, Dora le connaît depuis des années.

"Il a toujours été amoureux de toi. Invite-le à la fête de l'école, ainsi, nous irons ensemble !

— Bien", avait dit Dora. En fait, elle aurait voulu dire non, ou peut-être pas ? Pourquoi ne peut-elle être comme Gonnie, pourquoi éprouve-t-elle cette sensation intérieure désagréable quand Peter la regarde de ses yeux de petit chien, pourquoi se sent-elle si mal à l'aise quand il tourne autour d'elle ? Parce qu'il est gentil. Et elle non. Elle feint de ne pas remarquer le bras qu'il pose sur sa chaise. Elle s'écarte insensiblement de lui quand il s'approche. En dansant, elle se presse contre lui ; plus tard, dans la rue, elle l'embrasse parce qu'il fait noir et parce qu'elle sent la robe de soie glisser contre son ventre. S'il vient lui demander, demain, de l'accompagner au cinéma, elle refusera à nouveau et, tout chagriné, il passera son chemin. Non, elle n'est pas gentille. Elle ne pense qu'à elle-même. Tout lui semble effrayant.

"Tu n'as pas de travail pour l'école ? demande Egbert. Tu joues sans arrêt. Les études de lycée sont exigeantes, tu sais. Bientôt, sans que tu t'en sois doutée, tu ne pourras plus suivre."

Il n'entend pas, pense-t-elle, il n'entend pas que je joue un morceau extrait de *son* livre de Bach, celui qu'il lui a offert ? Non, il n'entend pas cela. Il ne s'y entend qu'en frais scolaires gaspillés, en mauvaises notes et en redoublement. Dora est très circonspecte. Elle est si appliquée en classe qu'elle n'a plus grand-chose à faire à la maison et peut se permettre de farfouiller pendant des heures dans les partitions de M. De Léon.

“Je t’ai trouvé un professeur, dit Emma. Elle arrive tout juste d’Amérique. Son mari travaille ici, dans l’orchestre. C’est une très bonne pianiste. Mercredi après-midi, à trois heures. Tu dois emmener quelque chose à jouer, une étude et une œuvre de Bach.”

Mme Heidelberg habite au dernier étage d’une maison située au bord d’un canal. C’est un dédale de couloirs et d’escaliers, de portes ouvertes et fermées dans lequel Dora se déplace avec hésitation, guidée par une voix impatiente qui lance, à intervalles brefs, *“upstairs, upstairs !”*.

Dans un océan de lumière, trône une forte femme, vêtue de loques fatiguées. Son bras droit repose sur un piano brun dont le couvercle est ouvert. Le dos de la main et même les phalanges portent de petits coussins de chair, comme chez les bébés.

Dora est éblouie un moment par le soleil qui tombe des larges fenêtres. Elle sent une odeur de cigarette et entend la voix rude et râpeuse.

“*So*. Tu es grande. Tu es déjà frappée par la malédiction ?”

Dora sursaute. Que veut-elle dire ? Que sait-elle ? Instinctivement, elle pense à Frank, es-tu maudite pour avoir un petit frère comme lui ? Ou s’agit-il d’une autre malédiction, en rapport avec la guerre, l’injustice et l’abandon ? Que j’aie laissé partir, sans plus, les personnes qui me chérissaient – elle ne peut le savoir, ce ne sont pas ses affaires !

D’un geste des deux mains, Mme Heidelberg désigne son giron : *“The curse, menstruation !”*

Oh ! Dora opine.

Mme Heidelberg dit qu’elle n’a pas le temps de donner des leçons, elle est pianiste de concert, elle doit étudier.

“Mais ta mère est une de mes anciennes amies. *So sit down and play*.”

Dora pose son cartable et enlève son manteau. Il n’y a place nulle part pour le pendre, aussi le met-elle simplement par terre. Du plancher peint. Sous le piano, il y a un tapis. Elle essaie le tabouret et le descend un peu. Mme Heidelberg renifle, s'éloigne et s'assied dans un coin, à côté d'un cendrier posé sur une colonne.

Dora laisse ses bras pendre mollement le long de son corps et teste du pied la résistance des pédales. De façon presque imperceptible, le haut de son corps se meut au rythme du morceau qu'elle s'apprête à jouer. À la fin du recueil d'études bien trop difficiles de Chopin, elle en a trouvé une courte qui semble jouable. C'est un exercice rythmique dont la mélodie comporte des triolets correspondant chacun à quatre croches dans l'accompagnement ; c'est aussi un air apaisant et plaintif que Dora a tout de suite aimé.

Elle joue. Avec prudence. Au début, elle maintient la pédale gauche enfoncée. Elle soigne les phrases, elle enchaîne les accords avec précision et son rythme est parfait. Les mains sur les genoux et la tête penchée, elle attend le commentaire de la femme, là-bas, dans le coin.

"*You play like shit*. Lisse, conforme, sain. *Like shit*."

Mme Heidelberg s'est levée et fait déferler sur Dora des torrents de phrases mi-anglaises, mi-françaises. Il est difficile d'écouter quelqu'un qui vient de vous dire "*like shit*". Mais, poussée par la sincérité de l'effervescence de la femme, Dora lève la tête et la regarde.

"Tu sens quelque chose, hein ? C'est ça, ta chance *! What's going on inside your head ? Show me !* Ça n'a pas de sens de jouer proprement du piano. *Meaningless* !"

À présent, Dora se penche vers le clavier, vers ses amis d'ivoire. Elle rampe dans l'étude, le début est un murmure, la mélodie se devine à travers un voile d'accords qui se diluent. Le chant résonne de plus en plus fort, devient une plainte amère que Dora assène impitoyablement, retenant dangereusement le rythme au point culminant. Et puis, le déclin, la déception, et, finalement, la révolte résignée.

Dora a le vertige. De son coin, Mme Heidelberg dit

doucement : *"Now I see what you mean. Bring me the other one next week."*

Tous les samedis après-midi, Egbert et Emma rendent visite à Frank. Dora les y a accompagnés une fois, au début ; elle se rappelle la mauvaise odeur et l'air confiné, elle se souvient qu'il y avait un parc où des parents âgés se promenaient avec leurs enfants handicapés. Au retour, elle vomit dans la voiture. Depuis lors, elle refuse la proposition d'Emma de les accompagner.

"Il n'est pas question de vouloir, dit Egbert. Tu viens avec nous, c'est tout. Tu le dois à ton frère."

Il attend dans le couloir, impatient, le manteau sur le dos et les clés de la voiture en main.

"Je ne peux pas. J'ai un rendez-vous.

— Qu'est-ce que tu vas faire ? demande Emma.

— Jouer en trio.

— Jouer, jouer, rugit Egbert, tu ne fais que ça. Ça doit cesser, tu as des responsabilités, tu ne peux plus les négliger ! Tu as presque dix-huit ans !"

Oublier, pense Dora. Autrefois, Emma chantait une chanson sur ce sujet : *Glücklich ist, wer vergisst, was doch nicht zu ändern ist*, un air de valse, léger et charmant. Elle sourit.

"Cesse de faire cette grimace ! Et mets ton manteau. Nous y allons !

— Enfin, Egbert, ne l'oblige pas. Cela n'a aucun sens."

Emma ouvre la porte et entraîne son mari. Dora les voit partir : deux vieilles personnes. Egbert a maigri ces derniers temps. On voit les os de son crâne sous la peau. Il a les joues tombantes. D'un pas rageur, il contourne la voiture pour ouvrir la portière à Emma.

Elle ne se soumet plus, conclut Dora. Elle ne fait plus ce qu'il dit. Elle veut partir d'ici. Tu dois commencer le plus tôt possible, a dit Joyce. Elle est déjà en troisième année de violon chez M. Heidelberg. Lorsque le pianiste de son trio est parti, Mme Heidelberg a proposé Dora.

"C'est ce que tu as de mieux à faire. Etudie."

Elle étudie jusqu'à l'épuisement. La musique de chambre est une révélation, un jeu magnifique où on suit et dirige alternativement et dont Dora pense : c'est ça que je veux faire. Joyce l'aide à analyser les partitions et dit : "Tu dois passer l'examen d'admission. Laisse tomber l'école, elle ne t'apporte rien."

Lucas, le violoncelliste a passé, lui, son examen terminal. Il ne se mêle pas à la discussion. Il ne dit jamais rien. Il a replié son long corps sur son violoncelle dont il caresse les cordes, deux par deux, les yeux fixes. Ses yeux. Dora ne peut les saisir que lorsqu'il les tourne vers elle en lui demandant le *la* pour accorder son instrument. Pendant les répétitions, lorsqu'ils font une reprise ensemble, elle doit regarder son archet, non son visage. Son visage à la bouche large et arquée et au nez pointu. Son visage, envahi par sa chevelure, jusqu'à ce que, d'un mouvement brusque, il rejette celle-ci en arrière. La répétition terminée, il emballe son instrument, salue d'un signe de la main et disparaît.

Joyce lui a apporté un formulaire d'inscription. Les examens ont lieu dans un mois déjà, mais les morceaux qu'il faut jouer sont d'un niveau que Dora a déjà dépassé. Elle compose un programme et remplit le questionnaire. Pour les élèves mineurs, la signature des parents est exigée. À table, Dora regarde alternativement l'un et l'autre dans l'attente d'un moment favorable pour dire : je ne continue pas. Je passe en sixième année, mais j'arrête. Ne me retenez pas. Je pars.

Egbert mange peu. Il coupe la viande en très petits morceaux qu'il mâche indéfiniment comme s'il ne voulait pas les avaler.

Elle s'imagine qu'il va étouffer de colère si elle parle. Elle ne peut pas laisser à Emma la corvée de trouver à nouveau les mots justes, d'intervenir une fois de plus en sa faveur. Sa mère aurait un tel air de reproche, ce n'est pas possible. Elle doit le faire elle-même.

La signature d'Egbert est magnifiquement réussie. Dora l'a recopiée de son bulletin scolaire précédent et, après quelques essais, l'appose avec précision au bas du formulaire d'inscription. Mme Heidelberg a signé sans protester, avec un léger sourire. "OK. Fais ce que tu crois devoir faire !"

Le jour de l'examen, Dora ne va pas à l'école, mais à la gare de La Haye.

Dans le hall, il y a un plan au mur. Quel tram ? Combien d'arrêts ? Regarder calmement, elle a tout le temps. Respirer, les épaules basses, sortir avec calme. Et si le tram ne vient pas ? A-t-elle assez d'argent pour prendre un taxi ? Sûrement pas. Elle ne voit d'ailleurs aucun taxi ici. Elle a envie de faire pipi. Voilà le tram, heureusement.

S'asseoir, le sac sur les genoux. Chaleur du soleil à travers la fenêtre. Mains collantes. Comme le temps est long avant le départ du tram. Une sonnerie.

Des roues de fer grincent sur des rails de fer.

Y avait-il sept arrêts ou neuf ? C'est bête, bête, bête qu'elle ne le sache plus. Et combien de fois le tram s'est-il déjà arrêté ? Et ici, était-ce un arrêt ou seulement un feu de signalisation ? Le chemisier lui pique le dos, la sueur l'épuise. Elle va arriver en retard, fort en retard. Elle hésitera à descendre jusqu'à ce que le tram s'arrête au terminus, à la plage de Scheveningen.

Elle va vers le conducteur, elle oscille de main courante en main courante et manque de tomber dans un virage.

"Où est-ce ? demande l'homme lorsque Dora parle du conservatoire.

— Marché aux bestiaux", chuchote Dora. Maintenant, c'est terriblement urgent. Elle a aussi la gorge sèche, comme elle aimerait boire de l'eau, beaucoup d'eau !

À l'idée d'eau courante, elle a grand-peine à retenir son urine. Quel long trajet ! Le conducteur n'a-t-il pas oublié son arrêt ?

"Koningssingel ! Arrêt pour le marché aux bestiaux !"

À pieds joints sur le refuge. Réussi ! Maintenant, bien faire attention en traversant. Cela doit être là, à droite.

On revient un peu sur ses pas et on voit tout de suite une petite place bordée d'un grand bâtiment blanc. La porte est ouverte. À côté, une plaque : *Conservatoire de musique*.

Il n'y a personne dans la loge de verre marquée *concierge*. Dora la passe et s'engage dans un long couloir. Plaques fendues de marbre blanchâtre sur le sol. Une haute porte sur laquelle est vissée une plaquette de bois : *Toilettes*. Elle fait pipi. Merveilleux. Quel soulagement ! La tête dans les mains et les coudes sur les genoux, elle écoute les bribes de musique qui viennent de toutes parts. Par la petite fenêtre, le plafond, les tuyaux. Trombones, contrebasses, un piano dans le lointain.

Dora soupire profondément et se lave les mains, longuement, à l'eau froide. Elle les sèche soigneusement à l'envers de sa robe, elle caresse chaque doigt et frictionne ses poignets, ses alliés.

Le concierge est revenu.

"Ils sont sortis, ils sortent tout le temps ! dit-il. Allez tranquillement boire une tasse de thé à la cantine. Si vous montez dans une demi-heure, vous serez largement à temps."

La cantine est une haute salle. Dans le coin, il y a un ancien poêle. Dora prend un thé avec beaucoup de sucre et va s'asseoir sur un banc, contre le mur. Partout, des étudiants en musique, assis autour de petites tables, mangent en bavardant. Un homme plus âgé, assis près du poêle, une énorme partition devant lui, parle à voix forte en faisant de grands gestes. Autour de lui, cinq garçons l'écoutent en silence.

Soudain, Dora voit Lucas entrer, accompagné d'une

jeune fille aux cheveux blonds bouclés portant une caisse de violon dans les bras. Ils se dirigent vers le comptoir d'accueil, en parlant avec animation, leurs têtes très proches l'une de l'autre.

Regarde vers moi, pense Dora, regarde !

"Ouille, dit Lucas. Que fais-tu ici ?

— Admission. Dans quelques instants.

— Que vas-tu jouer ?

— Beethoven. *Sturm*.

— Parfait. Ça te convient bien. Bonne chance !"

Dora gravit l'escalier de bois qui craque et va s'asseoir sur le banc proche de la salle de piano. Les candidats qui ont déjà joué chuchotent avec leurs parents ou leurs professeurs. Dora ne regarde personne et n'entend rien. Elle pense à Beethoven. Puis, la porte s'ouvre et un homme trapu qu'il lui semble connaître vaguement apparaît dans le couloir. Biermans ! Le pianiste !

"Dora Dirique", crie-t-il d'une voix forte.

Elle se lève, lui adresse un sourire et entre lentement dans la pièce. Il ferme la porte derrière elle.

# 13

Une bonne voiture. Dora était contente d'avoir une bonne voiture. Rouler dans les ruelles ridiculement étroites avec leurs virages serrés et leurs différences de niveau exigeait, certes, un talent de conducteur, mais surtout un matériel adéquat. Ici, les habitations étaient à front de rue et, si l'on n'y prenait garde, on pouvait tout simplement défoncer une maison et renverser un chien ou un âne.

Milieu de la journée et soleil au plus chaud. Le volant lui brûlait les mains. Ses pieds, chaussés de sandales de vieille dame, actionnaient les pédales avec l'aisance que donne la routine. Trois fois par semaine, elle quittait son sommet montagneux balayé d'air frais et descendait dans la vallée où la rivière et le chemin serpentaient côte à côte vers la petite ville, le long de prairies, de sites industriels et de terrains de camping. Ce n'était pas seulement un passage du haut vers le bas, mais aussi de l'immobilité du temps au courant fort des heures et de l'oisiveté heureuse à l'action.

Étrange qu'elle ne fît rien depuis si longtemps déjà et s'en trouvât bien. Elle, dont les journées avaient toujours été bien remplies : voyager, organiser son emploi du temps, faire ses valises, étudier. Le repos différé, cela existerait-il ? C'était comme si elle rattrapait toutes les vacances et tous les week-ends qu'elle avait manqués. Rester tout simplement sur une chaise, comme hier soir. Regarder les nuages et le soleil, film lent. Pendant la journée, faire une course, passer le balai dans le couloir, trouver plaisir à plier les draps propres. Une promenade le long de sentiers familiers. Lire la flore pendant une petite heure, à la recherche de fleurs qu'elle connaissait. Écouter une symphonie de Mozart, faire des exercices pour éviter l'ankylose, écrire une lettre.

Étrange qu'elle ne regrettât ni les conversations, ni l'agitation, ni les rencontres. C'était bien comme ça. Désormais, sa vie était bien ordonnée.

Elle gara la voiture sur la place et resta assise un moment à regarder l'indolente activité autour d'elle. Un marchand de melons rêvassait derrière son étal, quelques touristes choisissaient des cartes postales à l'éventaire d'un marchand de journaux. Une femme vêtue de noir, chargée d'un cabas bien rempli, glissait le long des maisons, dans l'ombre.

Elle descendit, ferma la voiture et sentit la chaleur brûlante du soleil sur sa tête et ses bras. Partout, de l'eau bruissait : trois rivières se rencontraient ici. En outre, le sol était gorgé d'une eau de source sulfureuse en ébullition, qui, depuis des temps très lointains, jaillissait de terre aux endroits les plus saugrenus de la ville. Elle l'avait rendue célèbre, en lui assurant un avantage important dans la lutte concurrentielle avec les autres stations thermales. Des sources plus nombreuses, des températures plus élevées, des minéraux plus salutaires.

Dora avait été séduite. Par une froide journée d'automne, elle avait longé la vallée jusqu'au parking où elle se trouvait maintenant. À l'extrémité de la place, un étrange nuage de vapeur ou de brouillard était suspendu dans l'air ; intriguée, elle avait flâné jusque-là. Un énorme bassin carré, pourvu de trois marches sur son pourtour, avait été maçonné dans le sol. Sur le degré inférieur, des personnes étaient assises ; elles avaient relevé les jambes de leur pantalon ou leur jupe et posé leurs chaussures à côté d'elles. Les pieds dans l'eau, elles regardaient calmement devant elles. Certaines faisaient un brin de causette à mi-voix, puis se taisaient à nouveau. Sans réfléchir, Dora était allée s'asseoir sur la marche supérieure, avait enlevé ses chaussures et ses bas et était descendue. L'eau lui mordant les mollets, elle retira ses jambes et fit un nouvel essai, lentement cette fois. Les pieds trouvèrent un appui sur le sol de pierre lisse. De l'eau fraîche sortait de deux coins du bassin ; dans les deux autres angles, on avait installé des grilles d'évacuation. Le contraste entre ses joues froides et ses pieds brûlants était, curieusement, agréable. L'eau empestait de façon incroyable ; au-dessus de la source curative, flottait un relent pénétrant de soufre et de gaz d'égout. Elle laissa son regard errer sur les bâtiments qui jouxtaient le bassin. Un hospice médiéval, transformé en institut de rééducation. Des patients franchissaient le portail, appuyés sur des béquilles ou un déambulateur. Ils repoussaient leurs appareils et laissaient leurs jambes descendre dans l'eau brûlante. Une solide infirmière sortit, une serviette sur le bras, pour aider quelqu'un à ressortir du bassin. Dans le mur de l'église, sur la place, on avait taillé une niche, autour d'une fontaine. Jaillissant par saccades avec un sifflement, un puissant jet d'eau fumante giclait dans une vasque. Parfois, quelqu'un passait, remplissait un petit seau et disparaissait à nouveau dans les embruns.

Dora se défit de ses gants comme d'une peau et mit ses mains près de ses genoux dans l'eau, les articulations douloureuses des pouces, les poignets légèrement enflés. Un petit vieux, assis de l'autre côté, lui adressa un sourire.

Après une demi-heure, elle s'était relevée, ragaillardie, elle avait bien failli tomber sur la pierre glissante, mais avait aussitôt retrouvé son équilibre. Elle était partie immédiatement à la recherche d'un agent immobilier.

Elle était une cliente fidèle du majestueux établissement thermal gris situé en bordure de la ville, un édifice construit au début du siècle passé dans un parc ombragé, planté de hauts arbres exotiques, où trônait un kiosque à musique qui n'était jamais utilisé. Elle aimait s'y promener après sa séance de bain, elle n'y rencontrait jamais personne et pouvait, en toute tranquillité, laisser se dissiper les vapeurs de salpêtre dans l'air toujours frais. Le complexe tout entier était coincé entre l'abrupte paroi rocheuse et la rivière.

La façade principale était délabrée : volets aux charnières rouillées, boiseries à la peinture écaillée. Derrière l'imposant portail, tout était neuf. Il y avait des armoires à linge en verre pleines de serviettes et de peignoirs de bain de tissu gaufré ; des banquettes de marbre poli avaient été taillées dans les murs et des mains courantes d'acier chromé longeaient les parois de tous les couloirs. Les membres du personnel, y compris les médecins qui avaient vendu leur âme à cette maison, étaient vêtus de bleu clair, les patients de blanc. Derrière le comptoir, une grosse femme d'une soixantaine d'années fumait une cigarette en cachette. Elle apostropha deux touristes entrés par curiosité, mais elle accueillit cordialement Dora.

"Pff! C'est écrit sur la porte : sur rendez-vous. Uniquement sur prescription médicale. Qu'est-ce qu'ils croient? Un bain, un seul! Comme si ça servait à quelque chose! Voici, madame, une serviette et un peignoir ; puis-je avoir votre carte?"

Elle tamponna soigneusement le document, posa le linge sur le comptoir et serra la main de Dora.

Ces conversations avec les gens, dans son français approximatif, ne l'avaient jamais intéressée, elle les avait toujours haïes et évitées. À présent, elle trouvait cela bien agréable. Dora dans un établissement thermal! Remettre son sort entre les mains d'augures en blouses bleu clair, se soumettre à leurs cures hydrothérapiques, dont elle savait que ce n'était, sans doute, que charlatanisme et baratin. Très peu pour elle – et pourtant, voyez!

Elle se déshabilla dans la cabine exiguë et s'enveloppa dans le peignoir. Chaussée de pantoufles de plastique, elle entreprit, d'un pas traînant, la traversée de l'établissement, à l'instar de ses compagnons de cure.

Personnes âgées, hommes aux jambes étonnamment grêles sous un ventre proéminent, femmes dont la peau du crâne apparaissait sous la chevelure mouillée, personnes aux pieds enflés, mains atteintes de rhumatisme, colonnes vertébrales déformées, nuques raides, douleur, douleur, douleur. Ils se rendaient, tout à leur aise, du petit bureau du médecin aux douches et chez la masseuse. Ils se disaient quelques mots, demandaient comment cela allait aujourd'hui, comment s'était passée la nuit, quels étaient les projets pour dimanche. Sur tout cela, planait un voile sonore fait de sifflements, de clapotis et de murmures. Et l'odeur du soufre.

Finalement, elle se retrouva dans la salle de bains, seule. La baignoire était pleine d'une eau sulfureuse toute fraîche, mise en mouvement par un système de propulsion d'air. Elle y grimpa et se laissa tomber en arrière. Des courants d'eau lui battaient les fesses, le dos, les cuisses. La température était idéale. Les bruits se mélangeaient en un ensemble reposant, apaisant, bienfaisant qui engageait au sommeil. Les sons ne demandaient plus à être analysés, on pouvait les recevoir comme un tout, on pouvait se laisser flotter dans cette soupe volcanique malodorante venue des entrailles de la terre et s'emplir les oreilles de cet épais murmure.

Un bref instant, elle pensa au caractère fastidieux de l'analyse ; elle se rappela qu'au début de sa formation professionnelle, elle s'était effrayée de ne plus pouvoir entendre un morceau de musique sans prêter attention à la forme, sans attendre le retour du thème, sans écouter quand et dans quel sens se faisait une modulation. Ce qui l'avait émue était devenu matière à exercices. Elle n'aimait plus vraiment la musique, s'était-elle dit, elle n'était plus capable de la ressentir, seulement de la comprendre.

L'amour était revenu. Au cours de sa troisième ou quatrième année d'études, elle réussit à nouveau à écouter et à éprouver des émotions. Et maintenant, des décennies plus tard, elle pouvait à nouveau entendre Haydn, Mozart et Schubert. Pour le plaisir. Pas Brahms, à peine Bach, pas de musique de chambre et, surtout, pas d'œuvres pour piano, mais des symphonies pour orchestre à cordes complété de quelques instruments à vent.

Elle sourit. C'est une sensation de bébé que d'être étendue ainsi dans une eau chaude mouvante, entourée d'odeurs nauséabondes et de vacarme diffus. Plus aucune articulation douloureuse, plus aucun mouvement pénible. On pourrait rester ici jusqu'à ce que la peau se détache des os en lambeaux grisâtres, et, en toute confiance, se laisser déliter et emporter par le courant d'évacuation.

C'est pour cela que le service est assuré ici par de sévères jeunes filles, pensa Dora, nue dans l'eau. Des filles aux cheveux noirs, au visage maquillé et à la voix stridente. Elles entrent en trombe en faisant claquer la porte contre le mur au point de faire cliqueter la serrure, lèvent la bonde de la baignoire, arrêtent l'appareil à bulles et hurlent qu'il est l'heure.

# 14

La caisse du violoncelle veille, tel un sombre gardien, près de la porte. Dora ne peut plus dormir ; couchée sur le côté, elle regarde sa chambre. Un seul endroit est rangé : l'armoire aux musiques. L'héritage de M. De Léon attend, en piles, d'être exécuté. Les partitions doivent être mises à plat, sinon leur dos s'affaisse. Devant l'armoire, sur le sol, il y a des verres, une bouteille de vin à moitié vide, un cendrier plein. Elle aperçoit, au milieu de la pièce, sur le plancher peint à la diable, sa robe noire de concert, à demi cachée sous un pantalon et une chemise chiffonnée. Un tailleur pend sur la chaise de bureau. Lucas Lansingh est couché à côté d'elle. Des cheveux noirs, une épaule nue, une rondeur sous la couverture. Dora n'ose pas bouger, de peur de l'éveiller. Elle est étendue sur le bord du matelas, un bras et une jambe sur le sol. Elle respire précautionneusement.

Hier soir, Brahms. Le duo pour violoncelle et piano terminait le concert suivi par un nombreux public. “N'allons pas nous asseoir dans la salle, avait dit Lucas. Je ne veux pas écouter toute cette merde. Viens, allons répéter un peu dans le local quatorze, en haut.”

Tandis qu'il déballait son instrument et y passait un chiffon, Dora faisait ses exercices et une gamme en octaves, en *mi* mineur. Ils jouèrent une partie de chaque mouvement, pour régler le rythme. Ils parlèrent de l'attitude à prendre. “Tu te tournes vers moi, avait-elle dit, pas vers la salle. Au moins, à moitié vers moi. Je dois te voir.”

Dora éprouve une passion étrange pour cette sonate. Y compris pour la dernière partie, la fugue et son impitoyable accumulation de triolets. Le jeu de Lucas, la façon dont leurs voix s'entremêlent, tournent l'une autour de l'autre, tantôt comme dans une danse, tantôt comme dans un tournoi – tout cela lui plaît. Lorsqu'elle songe au trio de la partie centrale, elle sent sa gorge se gonfler de tendresse, d'espoir indicible et déçu. Elle pense qu'il a le même sentiment, sa bouche grimace quand il joue, il semble un héros inaccessible, profondément blessé.

Le public avait été comblé. Après le concert, ils avaient bu du vin au bar. Quand Lucas manifesta son intention de partir, Dora enfila elle aussi son manteau. Ils marchèrent côte à côte dans la rue mouillée. Ivre de boisson et de succès, elle offrait son visage brûlant aux gouttes de pluie. Il avait passé son bras libre autour des épaules de Dora. Pourquoi ? Les idées se bousculaient dans sa tête : le désordre de sa chambre, les draps sales, le lit non fait.

Plus tard, affalés sur le matelas, ils avaient encore bu un médiocre vin rouge. Puis il avait posé sur le visage de Dora ses longues mains musclées de violoncelliste. Elle s'était laissé embrasser comme une enfant. Des bribes de questions se pressaient dans sa tête : est-il amoureux de moi, pourquoi fait-il ça, qu'est-ce qui va se passer ensuite ? Ils avaient fait l'amour à la lueur d'une bougie. Il était venu en elle les yeux fermés et avait gémi dans son cou. Elle avait crié, puis pleuré. Pourquoi ? Ensuite, il voulut rentrer chez lui, mais il s'endormit brusquement.

De la lumière filtre sous le rideau. Elle doit se lever, elle sent mauvais, du liquide coule le long de l'intérieur de ses cuisses. La salle de bains est au bout du couloir, en face de la cuisine. Dora ouvre la douche au maximum, à la température la plus élevée. Lorsqu'elle revient, Lucas a disparu.

Elle s'assied sur le sol pour réfléchir. Ne coucher avec quelqu'un que si on l'aime vraiment. Veiller à ne pas devenir enceinte. Elle rougit à l'idée de son imprudence. Se laisser entraîner de la sorte, c'est dangereux, ne plus le faire. Mais lui, il peut aussi faire attention ? Ils ont fait l'amour comme si c'était un jeu. Avec excès et implication totale. Et ensuite, retour à la maison ou à l'école, comme si rien ne s'était passé. Veut-elle une liaison avec Lucas ? Elle a seulement peur de faire une chose qu'il n'approuve pas. Elle ne peut rien lui dire. Elle n'ose rien lui demander.

C'est un autre type de malaise qu'avec Peter, qui vient parfois manger chez elle et la regarde longuement d'un air amical. Dora a couché quelques fois avec lui, par pitié, parce qu'elle ne savait plus que dire, parce qu'elle ne savait pas comment réagir à son fidèle attachement. Pendant l'acte, elle avait la sensation d'être à côté du lit et de se regarder. Ensuite, elle l'évitait et déclinait ses invitations.

La dernière fois, il avait dit qu'ils ne devaient plus le faire, que ce n'était pas bien, que, de toute façon, elle ne savait pas ce qu'elle voulait et qu'il valait mieux qu'ils ne se voient plus. Il avait paru attristé, mais Dora était soulagée.

Elle regarde le petit piano qui se trouve à côté de l'armoire à musiques. Elle n'arriverait pas à étudier maintenant. Elle est si pleine de ce qui devrait s'exprimer par des mots et non dans la langue insaisissable de la musique. Des mots, mais lesquels ? Elle a toujours éprouvé pour eux un mépris fatigué. À présent, elle aimerait bien parler tout son saoul.

Dora sonne à la porte de chez Joyce. En fait, on ne peut pas rendre visite à des étudiants en musique, car ils doivent toujours étudier. Mais nécessité oblige en ce matin venteux. Si cela ne lui convient pas, Joyce le dira. Je dois voir quelqu'un, c'est indispensable. Joyce a replacé son violon dans sa caisse et est allée faire du café. Elle a, sous le menton, un endroit rouge et douloureux qu'elle frotte.

"Tu es remise de la soirée d'hier ? Brillamment joué ! Vous vous convenez bien l'un à l'autre, un vrai duo !

— Il est resté." Dora se laisse tomber mollement dans l'unique fauteuil.

"Voici ton café, dit Joyce. Je le mets par terre. Il ne faudrait pas que tu tombes amoureuse de Lucas. Il ne supporte ni les rendez-vous ni la compagnie. Je le connais depuis si longtemps. C'est un vrai chef d'orchestre, c'est vrai. Tu ne devrais pas t'attacher à lui, tu en sortiras meurtrie."

Joyce passe son examen final cette année. Elle a vingt-cinq ans et sait tout. Elle a aussi un fiancé, qui travaille pour un journal. Elle ne comprend pas et Dora ne peut pas lui expliquer. Dora a un tel désir, une faim si immense, mais de quoi ? Il vaut mieux qu'elle ne compte pas sur les autres. Elle doit se contenter d'étudier.

Pendant le week-end, elle ne peut pas aller à l'école et elle ne supporte pas de rester dans sa chambre. Elle prend le train pour rendre visite à ses parents. Lorsqu'il comprit que le refus de Dora de passer l'examen final était sérieux, Egbert se rangea rapidement au choix professionnel de sa fille. Il lui verse une allocation mensuelle et lui a donné le piano d'étude. Dora constata avec étonnement que la capitulation rapide de son père ne la réjouissait pas. Aurait-il dû s'opposer à elle, aurait-elle voulu se battre ? Il attache tant d'importance à l'éducation, pourquoi ne l'oblige-t-il pas à étudier le droit ? On dirait que soudain cela ne l'intéresse plus. Ce qu'elle fait le laisse froid.

Elle chasse ces pensées de son esprit. Cela n'a pas de sens. Il ne peut tout de même pas être si indifférent. Il a peut-être compris qu'il devait en être ainsi. Biermans lui a parlé après l'examen d'admission. Peut-être ont-ils été alors en désaccord et Biermans a-t-il gagné.

Cette enfant est née pour jouer du piano, monsieur Dirique. C'est votre avis, monsieur Biermans, mais je suis responsable d'elle et je ne la laisserai pas faire. Mais vous le devez à l'art. Ah ! alors d'accord.

Dora ricane. Ça ne s'est pas passé comme ça, Egbert ne se dispute pas avec des professeurs d'institutions respectables. Il a laissé la parole à Emma et s'est rangé à la décision prise.

Cela ne va pas à la maison. Quelque chose a changé, mais, de quelque côté qu'elle regarde, Dora ne voit aucune différence avec le passé. Les mêmes meubles, le même papier peint, des objets familiers. Et pourtant. Ça tient peut-être à elle. Elle ne voit plus les choses de la même façon. Emma s'informe de ses études. Tout en parlant des cours, de la classe de chant et de la soirée de concert, Dora observe sa mère qui regarde fixement ses mains, l'air absent. Elle paraît fatiguée et porte un vieux gilet. Dora n'ose pas demander ce qui se passe.

Le repas est prêt et Egbert sort de son bureau. Dora va à sa rencontre. Il y a un divan dans le bureau, elle le constate par la porte ouverte. C'est nouveau. Elle embrasse Egbert, dont l'odeur est bizarre. Ils mangent à trois dans la cuisine. Egbert a encore maigri, son cou s'est plissé et le col de sa chemise est beaucoup trop large.

Dora se demande pourquoi elle est là. Parce qu'elle est amoureuse. Parce qu'elle est seule. Parce qu'elle est désemparée. Parce qu'ils doivent s'occuper d'elle. Mais ils n'ont pas la tête à cela.

"Qu'est-ce que vous avez ?

— Ton père est malade, dit Emma. Il a quelque chose à la gorge. Il peut à peine manger.

— Tu peux aller travailler ? demande Dora à Egbert.

— Uniquement pour des travaux administratifs, murmure-t-il. Je me fatigue vite. Je parle difficilement."

Dora se sent entraînée à murmurer elle aussi et se force à parler normalement. Elle se racle la gorge.

“Savez-vous de quelle maladie il s’agit ?”

Egbert et Emma se regardent.

“Non, dit Emma. Le docteur Tromp nous a envoyés chez un spécialiste, nous y allons la semaine prochaine.”

Après le repas Egbert va se coucher. Emma et Dora l’entendent tousser dans sa chambre.

“Il y a longtemps qu’il est comme ça ? demande Dora.

— Il n’aime pas être malade, ton père. Pendant très longtemps, il a fait comme si de rien n’était. Mais maintenant, il a des difficultés à s’exprimer, maintenant les gens le remarquent et en parlent et lui disent qu’il doit aller voir le médecin. D’abord, il ne voulait pas.

— Mais il ne parle pas. Il ne mange même pas.

— C’est pour ça qu’il y va.”

Dora considère qu’il vaut mieux ne rien dire. Si elle dit qu’elle se sent perdue sans Lucas, est-ce bien la vérité ? Joyce a dit qu’il n’était pas fiable, mais est-ce vraiment le cas ? Elle est amoureuse parce qu’elle a pensé à ce mot. En fait, tout ce qu’elle souhaite encore, c’est étudier et jouer. Et qu’aucun mot ne soit plus ni pensé ni prononcé.

Egbert suit un traitement à l’hôpital et ses plaintes diminuent. Il mange mieux et il a retrouvé un peu de voix. Quant à la nature de sa maladie et des soins, on n’en parle pas. Et Dora ne pose pas de questions. Elle étudie. Elle accompagne Lucas pour son examen terminal de violoncelle et ne parle pas de ce qui s’est passé entre eux, elle ne pense pas au désir qu’elle a de mettre son instrument en pièces et de s’asseoir elle-même entre ses genoux, elle ne pense à rien du tout, sauf à Beethoven, opus 69, *la* majeur.

Après l'examen, Lucas se lance dans la formation de chef d'orchestre. Il se déplace avec un sac plein de partitions. Quand Dora met un disque au hasard, il peut dire, après deux minutes, quel chef dirige l'orchestre.

"Je ne comprends pas, dit Dora, que tu ne veuilles pas jouer toi-même. Produire son propre son, c'est quand même ce qu'il y a de plus beau !"

Il s'exerce devant le miroir. Tous les vendredis matin, il se retrouve devant l'orchestre du conservatoire. Pendant l'année Mozart, il dirigera les concerts qui sont au programme, Dora sera la soliste. Il se tient à côté du piano pendant qu'elle joue et bat l'air de ses bras. Ils discutent du rythme et de la dynamique, comme autrefois.

"C'est vraiment dommage que ce jeune homme devienne chef d'orchestre, pense Biermans. Un si excellent violoncelliste. Votre interprétation de cette sonate de Brahms, quelle classe !

— Mais il est bon, proteste Dora.

— Petite, écoute ton professeur : la direction présente un seul grand avantage – cela ne produit aucun son. Ça, c'est ton rayon."

Le jour du concert, Dora est stressée. Cette sensation n'est pas désagréable. Les nerfs mettent du suspense dans la journée et lui donnent un but. L'anticipation ne va pas au-delà de l'accord final. Ensuite, c'est le silence noir.

Elle se prépare à son entrée en scène comme s'il s'agissait d'un rendez-vous avec un amant qu'elle n'a pas vu depuis longtemps. Longue station sous la douche. Se couper les ongles. Chercher les sous-vêtements seyants et assortis. Léger maquillage, rien qu'un peu de mascara et d'ombre à paupières, car elle va transpirer et se frotter le visage. Une agréable conscience de son corps, tout au long de la journée. Ne pas manger trop. Bien aller à la selle. Le matin, étudier intensivement pendant une heure et demie, ensuite un peu de technique, de temps en temps, très parcimonieusement. Relire la partition calmement assise sur une chaise. La musique appartient à M. De Léon, son nom est inscrit sur la couverture qui s'effrite. Bien qu'elle connaisse le programme du concert entièrement de mémoire, elle emmène au conservatoire, en fin d'après-midi, la partition qui côtoie, dans le sac, la pomme, la robe et le mouchoir.

La grande salle est ornée de draperies rouge sombre auxquelles sont fixés, çà et là, des portraits de Mozart. Sur la scène, Lucas répète avec l'orchestre la symphonie qui sera jouée avant l'entracte. Il porte une vieille chemise à carreaux. Il demande aux instruments à vent de jouer des accords et leur indique la bonne intonation. Il termine la répétition avant que ne s'élève le tumulte des cordes. Il se tourne et aperçoit Dora debout dans l'allée. Les yeux dans les yeux.

Le moment le plus difficile est celui qui précède l'entracte. Dora doit se concentrer sur son concerto tandis que, sur l'estrade, on joue la symphonie. Derrière la scène, un cagibi sert de vestiaire. Il contient d'énormes contrebasses, une harpe, des timbales cassées et des boîtes de matériel d'orchestre. Elle a uriné trois fois, elle a mis sa robe noire et s'est lavé les mains. À présent, elle tourne en rond dans le cagibi tout en se séchant les doigts un à un avec un torchon. Applaudissements. Brouhaha du public qui s'en va. Lucas entre portant deux petites bouteilles d'eau minérale. Il rit franchement. Il a l'air heureux.

La salle se remplit à nouveau. Dora et Lucas l'observent par une fente de la paroi qui ferme le fond de la scène. Il a passé les bras autour d'elle et appuie le menton dans ses cheveux. Ils se balancent au rythme du premier mouvement, sans oublier ni les syncopes ni les accords qui surgissent en roulements sinistres.

Emma et Egbert entrent dans la salle ! Ils vont s'asseoir au dernier rang, du côté du couloir central. Egbert a une canne qu'Emma pose contre le mur, derrière leurs fauteuils. L'orchestre fait son entrée. On accorde les instruments. Puis, c'est le silence.

Lucas fait retentir un Mozart passionné et fougueux marqué d'une grande variété dynamique et de forts accents. Il donne au concerto un caractère tragique et désespéré qui n'a rien de ridicule, parce qu'il ne laisse ni aux musiciens ni aux auditeurs la possibilité de prendre du recul. Une tempête se déchaîne dans la salle, emportant tous les auditeurs. Tel un divin créateur, Lucas domine le trois-mâts et les éléments ; il a l'art de contrôler toujours, juste à temps, les débordements et tempère le son de l'orchestre jusqu'au murmure avant chaque intervention du piano. Dora mène avec lui la conversation qui n'est jamais possible en paroles. Elle ne pense plus à son professeur, ni aux effluves de jalousie qui émanent de ses condisciples, ni à ses parents assis au dernier rang. Elle se coule dans le moule de la mélodie de Lucas, elle prend la parole et force l'orchestre à l'écouter. Elle se lance, chante et cisèle, sans oublier à aucun moment où elle a décidé de reprendre le tempo, où vient la principale modulation, à quel endroit les muscles des bras doivent se détendre quelque peu. Son cerveau est si largement ouvert que tous ces éléments y trouvent sans peine leur place. Après le dernier accord, elle reste quelques instants assise, comme étourdie.

“Je le reprends, dit Biermans en choquant son verre contre celui de Dora. Ton ami l'a. Évidemment, tu ne peux absolument pas jouer Mozart comme ça, c'est une violation. Mais lui, il passe outre, il le fait. Félicitations ! Et pour toi aussi, jeune fille. Je t'ai écoutée avec plaisir. Où sont tes parents ? Il me semblait les avoir vus dans la salle.

— Ils sont repartis. Mon père est malade. Ils souhaitaient rentrer."

Pendant les applaudissements nourris, elle avait vu se courber le dos d'Egbert. La quinte de toux n'était pas audible mais elle vit Emma prendre la canne, sortir un mouchoir de son sac et pousser doucement son mari hors de la salle.

Debout devant le piano, Dora et Lucas saluaient gauchement. Ils se tenaient par la main en se serrant si fort que Dora se dit : cette nuit, il restera chez moi.

*

* *

Un processus d'envahissement de l'œsophage, avait dit le médecin. Dora n'avait cependant découvert le terme exact que lorsque le concierge l'eut dirigée vers le département d'oncologie. Cancer. C'est donc cela. Une tumeur se développe dans sa gorge et l'obstrue. Plus aucune nourriture ne peut y entrer, plus aucune parole ne peut en sortir. Dans l'ascenseur, elle porte ses mains à son cou. Il va étouffer. Il n'y a plus rien à faire.

Egbert a de la fièvre. Des gouttes de sueur perlent sur son front et il semble hagard. Il est à moitié redressé dans le haut lit d'hôpital et regarde Dora sans la reconnaître. C'est mon père, pense-t-elle. Il est fâché et ne peut plus le dire. Saurait-il que sa vie touche à sa fin ? Peut-être a-t-il du chagrin. À cause de la guerre, de Frankie, d'elle. Les choses ne se sont pas passées comme il le voulait. Elle ne le connaît pas, elle ne sait pas ce qu'il pense. Elle doit s'asseoir à son chevet et lui parler. Si Emma pouvait venir.

Elle approche un tabouret du lit et lui prend la main.

"Tu veux boire, tu as soif ?"

Egbert fait non de la tête. Il regarde Dora d'un regard enflammé. Sa gorge émet un son. Il retire brusquement sa main. Des larmes de frayeur et d'embarras jaillissent aux yeux de Dora. Egbert désigne de la main la table qui est près de la fenêtre. Puis sa tête s'affaisse de côté et il s'assoupit.

Si Emma pouvait venir. Elle est désemparée. Elle pensait qu'il serait content de la voir. Quelle idée ! Quand on suffoque, on ne souhaite pas avoir autour de soi des enfants ennuyeux qui ne font pas ce qu'on veut. On veut de l'air. Dora longe le couloir. L'infirmière assise derrière le comptoir lui adresse un regard amical.

"Je ne sais pas bien ce que je dois faire, lui dit Dora. Il est mécontent, mais pourquoi ?

— Je vais voir. Il est un peu perturbé aujourd'hui, c'est un mauvais jour."

La sœur, qui a peut-être deux ou trois ans de plus que Dora, sait exactement ce qu'il faut faire. Elle n'a pas peur. Elle saisit doucement Egbert par les épaules. Elle lui humecte les lèvres avec un gant de toilette et essuie la sueur de son front. Elle jette un coup d'œil rapide sous les draps pour vérifier si les effrayants tuyaux fonctionnent encore correctement. Elle pose la main sur la joue d'Egbert et le regarde tout en parlant.

"Monsieur Dirique ! Pouvez-vous écrire ce que vous voulez ?"

Elle sort un petit bloc-notes de la poche de son tablier et met un Bic dans la main d'Egbert. Le bras de l'homme tremble. Avec peine, il trace une lettre sur le papier. C'est un *d*.

Mais lorsque Dora revient vers lui, il secoue la tête et repousse sa fille du bras. Le petit papier en main, elle va s'asseoir dans le couloir. Une petite phrase obsédante bourdonne dans sa tête : il me veut mais il ne me veut pas.

Le manteau ouvert, Emma sort de l'ascenseur. Ses talons cliquettent sur le sol. Elle s'assied sur le banc à côté de Dora. Elle a l'odeur de la maison.

"Regarde, dit Dora. La sœur lui a demandé ce qu'il voulait et il a écrit ceci. Le *d* de Dora. Mais il ne voulait pas du tout me voir, il m'a repoussée.

— Il veut dire M. Divert. Le pharmacien. C'est l'un de ses amis. Je pense que c'est à lui qu'il veut parler.

— Oh !" dit Dora.

Emma se met à pleurer.

"Il ne veut plus vivre. Il faut dire que c'est effrayant. Ils ne font plus rien. Si, ils attendent qu'il meure."

Dora ne sait que dire. Elle éprouve un intense sentiment de honte. Le *d* de Dora ! De Dédain, de Dégoût, voilà ce qu'il voulait dire. Le *d* de Dérisoire. Et de Déchaîné.

"Pourquoi me faites-vous venir si personne n'a besoin de moi ?" Dora se lève et marche de long en large, d'un pas rapide, devant sa mère. "Tu crois que c'était amusant pour moi ? Je ne veux pas, tu entends ! Je ne peux pas et je ne veux pas.

— Il a un rendez-vous, dit doucement Emma, un rendez-vous avec Divert. C'est lui qui fournit les médicaments qui – eh ! oui, qui l'endorment. Ils en ont discuté ensemble il y a bien longtemps.

— Et tu le savais ?

— Oui, bien sûr, je le savais. J'étais là."

Emma se mouche.

"Pourquoi ne me dis-tu jamais rien ? Pourquoi ne suis-je pas au courant de ce qui se passe ? Je viens ici et j'ai l'air idiot parce que personne ne me dit rien !"

Parfois, il vaut mieux ne pas savoir les choses, avait dit Emma. Ils pensent bien faire. Elle ne doit pas crier aussi fort. Ni être aussi égoïste.

*

* *

Les vingt-quatre *Préludes* de Chopin ne sont pas des morceaux indépendants rassemblés au hasard sous la même reliure, ils forment un tout, cohérent à plus d'un titre, qui a, pour Dora, un sens plus profond que la somme de ses éléments.

“Joue-les, si tu veux, dit Biermans, c’est un bon choix.”

La radio inaugure une série d’émissions dans lesquelles un pianiste connu présente un de ses élèves. Dora a été choisie par son professeur et veut jouer les *Préludes*, tous les *Préludes*. Il ne lui demande pas pourquoi, elle ne pourrait pas le dire. Elle sent confusément, de très loin, dans cette œuvre, un souffle contestataire, une protestation martelée contre l’implacable injustice. Ou le refus quasi nonchalant d’un destin désastreux. Un souffle de mort, aussi. Comme si on se laissait emmener par elle – pour nier, dans le prélude suivant, tout ce qui s’est passé. Elle n’a pas besoin des mots. Elle étudie.

“La radio, c’est ennuyeux, dit Biermans. Il n’y a pas de public. On se dit que si on fait une erreur, on pourra recommencer. On joue dans un réduit insonorisé sans fenêtre. On entend sa propre respiration. On voit des lampes partout. Des gars marchent derrière le mur, un casque d’écoute sur la tête. On les voit à travers une vitre, mais on ne sait pas s’ils entendent ce qu’on dit. Ce sont des conditions exaspérantes.”

Dora rit. Elle imagine Biermans en enregistreur et joue le cycle entier d’une traite. Ce qui occupe presque toute la leçon. Lorsque le silence se fait, elle perçoit les bruits de la circulation qui montent de la rue. La lampe murmure. Dora est immobile, Biermans se dirige vers le piano. Pendant qu’elle jouait, il était assis dans un coin de la pièce. Il va se placer dans la courbe de l’instrument et se penche vers elle, appuyé sur le bord de la caisse de résonance.

“À entendre la façon dont tu maintiens la cohérence de l’ensemble en ajustant entre eux les vingt-quatre tempos, tu rendrais jaloux tout musicien doué d’oreille. Moi y compris. C’est un don que tu dois préserver. Le secret de Dora Dirique. Garde-le bien.”

Dora comprend de quoi il parle et acquiesce avec un sourire. Biermans poursuit. “Maintenant, je vais te révéler le secret de Biermans. Quand je t'écoute ainsi, je pense : Chopin l'emmène. Elle est peut-être en train de penser à son père décédé. Bientôt, tout le bazar lui échappera des mains. Elle est *trop* sensible ! Rien ne s'y oppose, c'est bon. Mais !! Sous cette sensibilité, il doit y avoir une deuxième couche, un filet sans trou, toujours présent. Ce filet, on le crochète tout en étudiant. À chaque accord, à chaque phrase, on sait : maintenant, je fais ça, maintenant, je lance l'articulation de mon bras dans le jeu, maintenant, uniquement les doigts, aller à la mesure suivante, la soutenir pour que l'accent s'y accroche suffisamment l'instant d'après, détendre le poignet et ainsi de suite. Tout ce qu'on ressent doit être traduit par la technique. Le jeu doit être bilingue. Qui ne peut jouer qu'en langage technique est sans doute virtuose, mais ennuyeux. Qui ne s'exprime que dans le langage de la sensibilité est expressif, mais débridé. Le fin du fin, c'est le bilinguisme. Ajoute cela à ton propre secret, et aucun auditeur n'éteindra sa radio tout à l'heure.

Dora acquiesce. Elle caresse l'ivoire des touches. Il a raison. Il exprime bien son opinion. Mais les choses sont-elles aussi simples, aussi élémentaires qu'il les présente ? C'est vrai, certes, mais est-ce tout ? Et son secret à elle, comme il dit, que doit-elle en faire ? Elle ne connaît pas son propre secret, et pourtant elle sait ce qu'il veut dire.

Dora se lève. Elle serre la main de Biermans et sort de la salle de classe. Dehors, le soleil brûle ses bras nus. Egbert est mort et Dora étudie les *Préludes*.

# 15

Avec prudence, elle gravit la montagne en voiture, diminuant les gaz à chaque virage. Elle aurait pu boire encore un verre sur la petite place, se promener un peu le long des cours d'eau, contempler l'ancien établissement de bains dans le centre, effectuer quelques emplettes. Elle n'en a rien fait. Elle était en route vers la maison et serait rentrée dans un quart d'heure.

Dans la lumière de fin d'après-midi, les montagnes étaient impériales. Des peignes d'un bleu presque noir se détachaient sur le ciel jaunâtre. Les chevaux se tenaient tranquillement groupés dans le pré sans arbres. Leur peau luisait comme un violon récemment verni. Un paysan portant une balle de foin sur la nuque se traînait vers l'étable, une fillette en robe bleu ardoise coupait des roses dans le jardin et de la fumée montait des cheminées du village. Dora captait tout. Sa douleur avait disparu.

Elle devrait, pour une fois, faire un repas sérieux, à l'hôtel peut-être ? Avec du potage pour commencer et du vin. Une onde de dégoût lui traversa la gorge et l'estomac. Elle crispa les mains sur le volant. Ses bras tremblèrent. En descendant de voiture, elle remarqua que ses genoux ne lui obéissaient pas. Elle resta un moment appuyée contre le mur gris de la maison. La chaleur des pierres s'insinua dans son dos et elle posa la tête contre le chambranle de la porte.

La chose. Le monstre noir. La pièce était une scène sur laquelle elle devait monter. Elle devait s'asseoir devant le piano et tout deviendrait obscur.

"Allons, allons, a dit Biermans, on dirait que tu vas à l'échafaud ! La fin du monde n'est pas pour tout de suite, tu sais !"

Dora attendait derrière la scène que la salle se soit calmée. Elle était toute à son angoisse. Fiche le camp, pensa-t-elle lorsque son professeur entra. Que me veux-tu, garde tes discours de chef scout pour toi, va-t'en, va-t'en. Elle redressa le dos et regarda les mains pâles aux doigts tremblants qui contrastaient avec le noir de sa robe. La colère raffermit ses jambes qui la portèrent, déterminée, vers son instrument.

On n'en parlait pas à l'école. Un vrai musicien n'avait pas d'angoisse ; celui qui avait peur devait songer à un autre métier. Une légère tension est nécessaire, avait dit Biermans un jour que Dora avait osé aborder le sujet. Cela aiguise les sens, c'est bon. Mais il ne faut pas trop y penser, cela ne ferait que l'aggraver. Au besoin, imagine-toi que tu es chez toi, dans ton bureau. Et puis, on ne va pas te manger, les gens qui sont dans la salle sont bien élevés.

Elle avait joué avec irritation. Il était des gens qui avaient mis fin à leur carrière parce qu'ils étaient quasi morts d'angoisse avant chaque concert. À la dernière minute avant l'entrée en scène, la guerre était déclenchée. Il fallait se lancer dans le champ de bataille, sans possibilité de retour en arrière. Tous les soldats n'ont pas le même courage. Lucas les avait même entendus dégueuler dans les toilettes, derrière la scène. Il était blême lorsqu'il apparut et avait repoussé la main de Dora qui voulait le caresser. Un hautboïste doué s'encourageait lui-même à haute voix : tu en es capable, tu en es capable ! Effrayée, Dora s'était glissée entre les rideaux pour qu'il ne la voie pas. Qu'on en fût capable n'y faisait rien. Tout le monde avait peur.

Sans en avoir discuté avec qui que ce soit, elle avait échafaudé une routine raisonnablement fiable. Pendant toute la journée, l'entrée en scène planait à l'arrière-plan de ses pensées, depuis la première diarrhée du matin jusqu'à la marche héroïque vers l'estrade. La tenue avait de l'importance. Une robe aux larges manches, faite d'un tissu auquel on puisse, le cas échéant, s'essuyer les mains. Pas trop décolletée, car ça donnait une sensation d'insécurité dans le dos. Il faut couvrir le dessus des bras. Le pire, c'était les bretelles qui tombent. Dora avait un robuste soutien-gorge de concert.

Des talons hauts, avait dit une violoncelliste. Ainsi, tu te sens en position élevée, ça donne de l'assurance ! À côté du violoncelle, de longues jambes donnent une impression de vivacité, mais sur les pédales d'un piano, les pieds chaussés de talons hauts n'ont aucun effet. On pourrait peut-être les porter pour faire son entrée et les cacher ensuite sous la large robe. Mais comment les récupérer lorsque les applaudissements commencent ? Dora portait des chaussures plates à semelle mince pour sentir le métal des pédales. Elle se donnait l'illusion de la hauteur en tenant la nuque et le dos bien droits au-dessus des fesses tendues.

"Tu n'es jamais nerveuse ? demanda-t-elle à Joyce après une répétition du trio.

— J'évacue le problème. J'ai des angoisses mortelles ! Surtout si je dois attendre, si le piano a deux pages à jouer avant que je commence. Ou si le morceau débute doucement et lentement ; l'archet tremble alors et ça s'entend. L'horreur.

— Je ne remarque jamais rien chez toi, dit Dora. Tu as une méthode ? Que fais-tu ?"

Le visage de Joyce s'empourpre. Elle a entouré son poignet droit de sa main gauche et suce son médius.

"Ça, je ne peux pas le dire. Je meurs de honte."

Dora sent soudain ses joues rougir également.

"Ça aide ?

— Ça ne marche pas toujours. Il faut se trouver seule quelque part. L'autre jour, j'étais dans les toilettes derrière la scène et Bella Heidelberg s'est mise à frapper à la porte, en demandant si *j'y étais* ! Alors, ça a raté. Mais quand ça marche : oui."

Dora se détacha du mur et ouvrit la porte de sa maison. Elle n'avait aucune obligation. Elle pouvait s'asseoir à la table de la cuisine avec un journal et un verre de vin ; elle pouvait laisser la chambre fermée. C'était fini, elle n'aurait plus jamais d'obligation.

Plus jamais elle ne devrait apparaître progressivement dans la lumière. Se diriger plus lentement qu'elle ne le voudrait vers le clavier blanc. S'asseoir avec circonspection. Sentir, regarder. Jeter un coup d'œil dans la salle. Qui n'était pas un bureau, mais le lieu où des rangées et des rangées de gens attendaient la musique. Il y avait toujours, appuyé contre le mur du fond, cet homme, vêtu de sombre, dont le chapeau faisait ombre sur le visage. Toujours cet homme, pour qui elle jouait.

## 16

Haletante, Dora pousse la lourde porte. Les gouttes qu'elle fait tomber de son manteau giclent sur le marbre du couloir. Ses chaussures claquent sur l'escalier de bois. Elle est en retard, très en retard ; dans la salle, l'ensemble est déjà constitué, les microphones sont en place, les positions déterminées et Gilles, qui s'occupe de la technique, est assis derrière l'enregistreur.

Il lève les yeux à l'entrée de Dora. La scène est vide, les musiciens sont assis devant. Cela a dû être un fameux travail d'enlever toutes les chaises. Dora pose son manteau sur un tas de sièges empilés à côté de la porte et sort de son sac les feuilles volantes sur lesquelles est imprimée la partie qu'elle doit jouer. Elle attend un instant le petit coup de baguette de Lucas sur le pupitre et l'arrêt des bruits de la salle. Puis elle s'avance. Lucas lui indique le piano, coincé entre un petit groupe d'altistes et une batterie d'instruments à percussion. Elle s'installe. Pour le reste, elle n'a rien à gagner ici. L'année passée, elle a réussi l'examen terminal et elle poursuit des études pour obtenir le diplôme de soliste. La leçon hebdomadaire chez Biermans est sa seule obligation. En plus de cela, elle a son propre ensemble et donne de temps en temps des concerts. Elle a un pied dans le monde réel et, grâce à Lucas, elle est tenue au courant de ce qui se passe au conservatoire. Un nouveau directeur est arrivé, un compositeur. Pour la première fois, il n'y avait pas de Rachmaninov au programme du concert de fin d'année, mais une œuvre de Ton de Leeuw, dont l'encre n'était pas encore sèche.

L'été suivant, des élèves étaient allés travailler dans le nouveau studio électronique de Cologne. Ils en ramenèrent des partitions de Stockhausen et de Varèse, recrutèrent des instrumentistes pour travailler ces œuvres et organisèrent des concerts avec l'accord de la direction. Au cours du même été, Dora se rendit à Salzbourg pour y suivre un cours consacré à Beethoven.

Au fil des années, elle s'est familiarisée avec Schönberg et Stravinsky, mais elle s'effraya lorsque Lucas l'emmena à une répétition de musique moderne. Il était enthousiaste ; la classe de composition reprenait vie. Les élèves subissaient l'influence du nouveau langage et il aimait diriger leurs productions inextricables. Un jour qu'on lui soumit un morceau comportant une partie de piano difficile, il fit appel à Dora.

Lucas est debout devant une longue table à dessin, sur laquelle se trouve la partition. Le compositeur que tout le monde appelle Jack, mais qui, lorsqu'il était encore un timide élève de la classe de piano, portait le nom d'Eric-Jean, est assis sur un tabouret, à côté de lui. Dora se rappelle qu'au cours de solfège, il était si embarrassé qu'il n'osait pas chanter et rougissait chaque fois que son tour arrivait. À présent, il porte un pantalon étroit à bretelles ; ses cheveux coupés court se dressent au-dessus de son visage juvénile.

Lucas fait un clin d'œil à Dora lorsqu'elle prend place. Il regarde sa montre.

"Ce soir, nous répartissons le boulot. Pendant ce temps, Gilles vérifiera le son. La semaine prochaine, nous enregistrerons en une fois, la nuit, quand il n'y aura plus de trams. Maintenant, j'aimerais que tout le monde commence à la lettre Q."

Un bruit inimaginable éclate. Dora a peine à y déceler une quelconque cadence. Elle apprécie que, d'un grand geste descendant du bras, Lucas indique clairement le début de chaque mesure. Cette composition sans silences n'offre aucun répit.

Ils font une longue pause. Gilles a ramené du café de la cantine. Il se dirige avec son plateau vers un groupe de jeunes filles vêtues de sombre aux cheveux raides et aux yeux cerclés de noir. Elles prennent chacune une tasse. Pas de lait, pas de sucre.

"C'est un morceau si difficile, dit un altiste à Dora. Et on n'en entend rien. Nous sommes là à jouer comme des idiots. Gilles ! Pourquoi ne nous entend-on pas ?"

Quand Gilles s'approche, Dora remarque les cicatrices de son visage. La tête d'un ancien boutonneux sur un corps énorme. Gilles est batteur et chef du groupe qui se nomme l'Avenir.

"Etre entendu ? Ce n'est pas le but.

— Quoi ? dit Dora. Je me suis tuée à étudier. C'est très compliqué. Et pas vraiment pianistique, si je peux me permettre."

Gilles renifle. "Il faut le prendre comme il est. Ce que Jack fait ne s'explique pas. Œuvre moderne."

Dora ne comprend pas. Elle ne comprend pas les opinions de ces gens sur la musique. Si elle en savait un peu plus, elle l'apprécierait peut-être. C'est ainsi qu'il en va de la musique moderne. Si on connaît la série des sons, si on s'habitue aux successions d'accords, il vient un moment où on s'y attache et où on y trouve une certaine beauté. Elle va faire un nouvel essai.

"Quand la balance des sons est si déséquilibrée, les auditeurs ne peuvent quand même pas trouver cela beau ?"

Gilles enfonce ses grandes mains dans les poches de son pantalon. Impassible, il regarde Dora.

"Tu es fascinée par la beauté ? Alors, tu n'y comprends rien du tout. Je le savais. Je t'ai vue à l'œuvre. Extrêmement esthétique. Tu as bien l'air de jouer du piano ! Non, tu as contracté la maladie de l'exécutant. Ce n'est plus à la mode."

L'altiste est parti. Dora ne sait que faire.

"Et Lucas, alors ?

— Lucas est OK. Lui, il sent cela. Il est derrière nous. Lucas n'est pas amoureux de la beauté."

Dora regarde autour d'elle. Où est Lucas ? Il est à côté de Jack, ils lisent la gigantesque partition. La main de Lucas est posée sur la nuque juvénile du compositeur. Du pouce, il caresse les cheveux courts. Jack lève les yeux vers lui et sourit. Lucas presse sa hanche contre le corps maigre du garçon et lui rend son sourire.

Oh ! pense Dora. Oh !

Gilles a rejoint son compartiment du son et les joueurs d'instruments à cordes bavardent ensemble dans un coin. Dora prend son manteau et se glisse dehors.

"Comment le dire ? Si tu es avec ce garçon, comment se fait-il que tu le fasses aussi avec moi ? Comment est-ce possible, je ne comprends pas. Explique-moi."

Ils sont assis l'un en face de l'autre à une petite table de la cantine. La voix de Dora est plus vive que de coutume.

"Tu te vends à ces garçons ! Uniquement parce que tu sais faire des enregistrements radio. Ce n'est pas honnête !

— Ma foi, dit Lucas, je trouve très bien qu'on s'intéresse à cela. On ne peut le nier.

— Que toi, tu te prêtes à cette musique stupide ! Pour moi, c'est une trahison."

Oui, c'est un traître, un tricheur. Dora a les pommettes rouges et ses yeux lancent des étincelles.

"Tu te trompes, dit Lucas prudemment. Ces garçons essaient de faire de la nouveauté. Le reniement de la beauté conventionnelle – je trouve ça assez positif.

— Et Brahms alors ? Tu mens !

— Oui. Brahms. Je suis chef d'orchestre, j'essaie tout. Sinon, on n'arrive nulle part.

— Mais ils ne connaissent rien. C'est du charabia, ce qu'ils font. Tu le sais bien, Lucas ?

— Oui. Non. Tu as raison, en un certain sens. Mais tu as tort aussi. Tu dois y réfléchir. Tu te complais dans le passé. Il faut que nous nous levions, ne devons-nous pas nous renouveler ? Ces garçons, au moins, ils essaient."

Elle n'exprime pas ce qu'elle voudrait dire, elle ne peut pas. Comment les hommes le font-ils entre eux ? Et est-ce qu'il pense à elle ?

Lucas s'est levé. Il salue de la main et quitte la cantine.

*
* *

Le lendemain matin, sous l'effet d'une impulsion, Dora prend le train en direction de la maison. Partout, elle voit des gens en route, chargés de sacs et de paperasses. Des gens qui sont attendus, qui doivent être à temps en un endroit donné pour y avoir un entretien, occuper une place ou combler un vide. Les mains de Dora sont posées sur sa jupe.

Les voyageurs se dispersent dans le hall de la gare. D'un pas pressé et décidé, ils se rendent, le sac sous le bras, à leur destination. Les portes des magasins et des bureaux sont ouvertes pour laisser passage aux travailleurs. La main dans la poche de son manteau, Dora tient bien serrée la clé de la maison de sa mère. Le vent a dénudé les arbres le long du Singel. La route interminable qui franchit le pont et son sinistre crochet de sauvetage, près du saule à demi submergé et des canards, a été parcourue en un instant.

"Maman ! Je suis là !"

Dans le hall pend un manteau étranger, un énorme pardessus à col de fourrure frisée aplati. Dora accroche le sien à une chaise de la cuisine et s'assied à la table. Dans le jardin, les tiges brunes des hélianthes et des marguerites se dressent au-dessus d'un tapis de feuilles mortes.

Faire du café, jeter un coup d'œil au réfrigérateur. Deux bouteilles élancées de vin blanc sont couchées entre les petits paquets provenant du fromager. Du beurre salé. De la crème acidulée. Un steak de cerf. Dora entend des bruits de pas dans l'escalier, des glissements sur le sol de pierre du hall, le cliquètement de la porte d'entrée – ou s'imagine-t-elle tout cela ? Emma entre vêtue de sa robe de chambre.

"Chérie, tu me surprends. Il est arrivé quelque chose pour que tu viennes si tôt ? Je n'étais même pas encore levée !"

Le visage d'Emma est plus lisse et plus plein qu'autrefois. Ses cheveux brillent. Détendue, elle s'assied en face de Dora en souriant. La robe de chambre s'ouvre, elle la referme en nouant plus soigneusement la ceinture. Elle ne porte rien en dessous.

"Il y a si longtemps que je ne suis plus venue ici. Je n'avais pas envie d'étudier. Certaines répétitions ont été supprimées, j'ai du temps libre.

— Si tu avais téléphoné, je me serais levée et je serais allée t'acheter quelque chose. Tu le feras la prochaine fois ? Tu me prends un peu au dépourvu."

Elle doit s'habiller, pense Dora. Elle doit se coiffer comme autrefois et ramener à la maison les provisions habituelles, du lait, des tartines et un énorme morceau de fromage jeune.

Pendant qu'Emma fait sa toilette, Dora, munie du panier d'osier, se rend chez le boulanger. Le pardessus a disparu.

"Je me suis remise à chanter, oui. Cela a commencé par la troupe d'opérettes, l'interprète du rôle principal, victime d'une hernie soudaine, est alitée et sa remplaçante n'était pas à la hauteur de la partition. On m'a alors proposé le rôle et j'ai accepté. Je pensais : je regarderai si ça me plaît. Je pourrai toujours changer d'avis. J'ai trouvé ça merveilleux, mer-veil-leux. Comme si je me retrouvais chez moi. J'ai recommencé à étudier et je donne des leçons. J'ai dix élèves et d'autres vont s'y ajouter. Ce qui est étonnant, c'est que je ne suis pas fatiguée, alors que je travaille beaucoup plus qu'auparavant. Je vais aussi donner des concerts à titre professionnel : concerts du matin, duos et lieds. Avec Bella Heidelberg, tu t'imagines !

— Et ces duos ?
— Un baryton. Une très belle voix, profonde. Il vient de Belgique."

Emma rougit. Elle se lève et farfouille dans le tiroir à la recherche de couteaux qui sont déjà sur la table.

Après le petit déjeuner, elle fuit la chaleur de la cuisine pour aller se promener dans le polder. Le vent chasse les larmes de ses joues. Dans les prairies familières, on a construit des maisons et installé de petits parcs. Tout a changé en mieux, pense-t-elle, y compris ma mère. Elle ne se sent plus chez elle, ni dans cette ville ni dans cette maison. Elle devrait être contente, Emma est heureuse et s'est remise à chanter.

Un recueil des lieds de Schubert est ouvert sur le piano. Brahms est au-dessus d'une pile de partitions d'opérettes et d'exercices de vocalises, à côté du pupitre. Dora joue ses gammes. Un petit essai de Schubert ; immédiatement Emma chante dans la cuisine. Tout en s'essuyant les mains à un torchon, elle vient se placer devant le piano. La voix s'est quelque peu usée et dotée, dans l'aigu, d'un petit liseré qu'elle n'avait pas auparavant. Le phrasé est parfait, l'exécution soignée et tout ce qu'Emma chante résonne du plaisir immodéré qui envahit son larynx.

C'est cela qu'il faudrait, pense Dora, faire de la musique ensemble, comme il y a bien longtemps, avant que tous les autres ne se mettent entre nous. Pense-t-elle à *lui*, maintenant qu'elle remonte sur scène avec un pianiste ? Elle chante les mêmes lieds et entend le même accompagnement. Elle doit penser à lui, ce n'est qu'en songeant continuellement à eux qu'on garde les morts près de soi. Mais son esprit est évidemment occupé par ce Belge, du steak de cerf et des programmes de matinées.

La sonnette retentit et Emma s'éclipse, abandonnant le torchon sur le piano. Dora la suit dans le couloir, d'un pas lent et appuyé.

Se détachant sur un ciel sauvage d'automne, un homme à la forte carrure apparaît dans l'encadrement de la porte. Il est vêtu du manteau au petit col de fourrure aplati ; il tend la main à Dora.

"Guido De Bock. Et vous êtes la célèbre fille. La pianiste !"

Doigts boudinés, voix chaude et impressionnante. Un rire amical. Un homme charmant. Il pend lui-même son manteau à la patère et caresse furtivement le dos d'Emma en gagnant la cuisine. Ils boivent du thé. Il s'informe des expériences vécues par Dora au conservatoire, veut savoir ce qu'elle aime jouer et quels sont les pianistes qu'elle apprécie. Un homme charmant.

"Nous étions en train de chanter", dit Emma. Guido est d'avis qu'elles doivent continuer, il s'installe dans le canapé un verre à la main, il est prêt à écouter. Les choses n'en restent pas là, après deux lieds, il se trouve aux côtés d'Emma à feuilleter le recueil de duos et Dora voit surgir devant elle la partition de piano. Un rapide air d'opérette les fait éclater de rire tous les trois ; dans une tendre cavatine, Dora entend le chanteur soutenir et mettre en valeur la voix de sa mère. Un homme charmant. Ils décident de chanter Mozart, le célèbre duo de Don Giovanni et de Zerlina. Dora adopte un tempo rapide mais, lorsqu'il intervient, Guido la freine. Elle s'adapte. Derrière elle, les deux voix mènent leur propre vie. Ensemble. Elle entend Zerlina succomber, elle entend la joie triomphale du passage final et, tandis qu'elle joue avec un certain embarras la phrase de conclusion, elle sent derrière elle la chaleur qui unit les deux êtres. La sueur perle dans sa nuque.

"Je ne reste pas pour le repas. Je veux attraper le train de sept heures.

— Comme tu veux, dit Emma. Reviens vite. Si tu pouvais téléphoner auparavant..., je suis si souvent absente, pour le moment."

Guido la remercie d'avoir joué. Il souhaite assister à son prochain récital, il l'admire, il a fait la connaissance de Biermans autrefois. Peut-il la conduire à la gare ?

Non, Dora préfère marcher. Elle embrasse Emma sur la joue. Elles restent quelques instants à deux dans le hall. Dora se tait.

"Tu comprends, hein ? On m'a proposé une vie magnifique. Tout simplement !

— Oui, dit Dora. J'appellerai. Je ne veux pas te déranger.

— Tu devrais aller voir Frank, moi, je n'en ai presque plus le temps. Le personnel de l'institution aime voir des gens de la famille, c'est pour cela que je le faisais. Car il ne me reconnaît pas. Tu ne pourrais pas y aller, toi ?

— Je dois partir maintenant, sinon je vais rater le train. Et toi, tu dois retourner à la cuisine."

Assise dans le train, Dora n'éprouve aucun sentiment, pas plus qu'en descendant sur le quai venteux, en mettant la clé dans la porte de sa maison ou en montant l'escalier nu. Elle se déshabille et se met au lit sans manger. Elle tire les couvertures au-dessus de sa tête.

En rêve, elle traverse la sombre salle de répétition où Jack et Gilles s'occupent de leurs musiciens. Dora cherche sa place qui ne s'y trouve pas. Les musiciens sont rangés en longues files, penchés sur leurs tambours. Sur la scène, Jack dirige en culotte courte. Dora veut demander le chemin, elle tapote l'épaule d'un joueur de tambour qui tourne la tête : c'est un mongolien, qui la regarde de travers. Maintenant, Gilles l'a vue et la désigne d'un geste de la main. Les tambours grondent.

Dora s'éveille, avec des battements dans la tête et la gorge sèche.

Fièvre. Elle doit boire. Tête rouge dans le miroir. Cheveux ternes, plats. De retour au lit, pleurs soudains. Puis le sommeil. Tousser. Ce n'est pas bon. Elle doit appeler quelqu'un. Un médecin. Elle a la tête en feu. C'est angoissant. Etre couchée, seulement être couchée. Le réveil continue à sonner. Ou est-ce la sonnette ? Elle doit ouvrir la porte.

"Depuis quand es-tu couchée ?" demande Joyce. Elle est assise, les jambes croisées, sur le lit de Dora. Son manteau exhale l'air du dehors. La caisse du violon est à côté de la porte. Dora a rampé sur les genoux jusque-là. Puis, tout est devenu noir. Joyce a changé les draps, aéré la chambre et fait du thé. Dora a dû se laver en laissant la porte entrouverte pour que Joyce l'entende tomber, le cas échéant.

"Donne-moi ta clé, je vais faire des courses pour toi. As-tu un médecin de famille ? Non ? Alors, j'appellerai le mien."

Dora est étendue, épuisée, dans le lit tout frais. Elle ne peut que chuchoter. Quand elle ouvre la bouche, elle a oublié ce qu'elle voulait dire. Fermer les yeux, dormir.

Le médecin est une femme aux cheveux gris bouclés. Elle ne porte pas de blouse blanche, mais une jupe écossaise et un pull. Dora soupire et toussote à sa demande. Le médecin sent son front et regarde les jambes nues qui gisent, comme paralysées, sur les draps.

"Tu as une sérieuse inflammation pulmonaire. Je vais te donner de la pénicilline, une cure de dix jours. Repos au lit. Boire beaucoup. Y a-t-il quelqu'un qui peut s'occuper de toi ?"

Elle porte un collier de perles mates. Rouge à lèvres distingué, ongles soignés. Dora frissonne. Ses cheveux piquent et lui collent à la peau du crâne.

Joyce passera tous les jours, après sa répétition d'orchestre. Et une autre fois, le soir. Ce n'est pas difficile, elle habite tout près.

"Je ne peux pas aller chez ma mère, dit Dora après le départ du médecin. Elle est trop occupée. Et elle a toujours soigné des malades, elle ne le supporte plus. Ça t'ennuie ?

— Mais non, dit Joyce. J'aime venir chez toi. Maintenant que tu es malade, tu parles au moins un peu. Sinon, tu es toujours si silencieuse."

Dora est couchée. Dans son corps, les médicaments luttent contre la maladie. Elle laisse faire, de bon gré et sans protester. Sa peau se desquame, la plante de ses pieds devient lisse comme celle des bébés et sa chair se ramollit. Elle dort jour et nuit.

"Je n'ai plus envie de voir Biermans. Il me traite comme un enfant."

Dora est assise, droite dans son lit. Joyce a fait du potage. Elles mangent.

"C'est toujours comme ça, à la fin. Tout le monde perd l'envie d'avoir une leçon aussi longue toutes les semaines. Il doit te laisser suivre ta propre voie. L'année prochaine, tu seras partie !

— Je vais à Londres, dit Dora. Je veux étudier chez Curzon." Elle ne le savait pas. Elle s'entend le dire.

"Cet enculeur de mouches ? Ce n'est pas pire ?

— Non. C'est très bien. J'ai fait sa connaissance au cours d'été à Salzbourg. Il ne se mêle de rien, il dit simplement ce qu'il trouve mauvais. Il écoute bien. Joyce, je ne peux absolument pas étudier, pour le moment !

— Sois contente. Quand as-tu, pour la dernière fois, passé deux semaines sans rien faire ? Jamais, n'est-ce pas ? Quand tu es en vacances, tu vas étudier ailleurs. Tu ne peux t'en passer un seul jour.

— Et toi, alors ?

— Moi, si ! dit Joyce. En tout cas, depuis que je suis mariée." Elle passe la main sur la tache rouge de son cou. "Je suis contente de ranger cette chose dans sa caisse, l'été. Je déteste de devoir toujours épargner mes mains, de me sentir sans cesse coupable de ne pas faire assez d'exercices, de devoir toujours recommencer.

Étudier pour ne pas rester à la traîne, c'est courir sur un tapis roulant. Quel métier!

— Ce n'est qu'une apparence. Ce qu'on a étudié la veille, on doit le réétudier, mais cela va plus vite. Il faut voir les choses à terme. Comme quand on construit une maison."

Et cette maison, elle la laisse s'écrouler maintenant qu'elle est malade. Ses muscles oublient leurs petits trucs, son cerveau devient paresseux.

"Cela ne m'intéresse tout bonnement pas, dit Joyce. Je joue dans l'orchestre, parfois, c'est chouette, j'étudie pour cela, mais quand je suis libre, je trouve merveilleux d'abandonner mon violon. Alors, nous allons au cinéma, mangeons, faisons l'amour, buvons du vin sans regret. Tu peux t'imaginer ça?

— Non. Je *dois* jouer. Je ne peux pas m'en passer."

La nuit, éveillée, elle tend ses doigts ramollis. Joyce est heureuse, elle fait de la musique, mais sa vraie vie est ailleurs. Auprès d'une autre personne. Dora ne peut vivre avec quelqu'un. Elle ne saurait comment se comporter. Elle ne comprend pas les autres.

La fièvre étant tombée, elle peut se lever. Manger un morceau à table, sortir un peu au soleil de l'après-midi. En nage et les jambes tremblantes, elle fait quelques pas dans la rue au bras de Joyce. Revenue dans son lit, elle se met à sangloter.

"Je ne peux pas!

— Allons, mouche-toi. Tu peux tout. Tu es simplement fatiguée.

— Lucas. Je n'avais pas compris. Je ne dis jamais ce que je dois. Comment faut-il faire pour apprendre vraiment à connaître quelqu'un?

— Tu dois dire ce que tu ressens. Et l'autre aussi. Alors, ça va tout seul."

Dora ne sait même pas ce qu'elle ressent. Ou elle ne ressent rien. En tout cas, elle ne trouve pas les mots.

“Lucas ne te convient pas, dit Joyce. Tu dois te réjouir d’être débarrassée de lui. Un homme sans point fixe, qui se déplace sans cesse, ne peut rien t’apporter.”

Dora pense : c’est ma faute. Il n’espérait rien d’elle. A-t-elle un point fixe ? Mais qu’est-ce qu’elle veut dire, à la fin ?

Joyce croise les bras sur son ventre et sourit.

“Nous devons aller chez le médecin tout à l’heure. Je pense que je suis enceinte. Enfin.”

Dora regarde le corps, puis le visage de Joyce. La peau sous les yeux est gonflée, les seins, les bras et les joues sont plus pleins qu’avant et les yeux brillent, elle le remarque maintenant. Le bébé est son point fixe. Ou la volonté d’avoir ce bébé. C’est donc pour cela qu’elle a arrêté le violon. À présent, Joyce a son ventre.

“Je vais dormir, dit Dora. Tu ne dois pas venir ce soir. Va fêter ça.”

Trois fois par jour, une petite demi-heure devant le piano. Un son faible, les doigts sont encore mous et le dos est affaissé. En nage, Dora joue Bach jusqu’à ce qu’un voile noir lui couvre les yeux. C’est comme si tout était ouvert dans sa tête, les parois qui séparent avant et maintenant présentent des fuites et les sentiments envahissent les pensées. Les inventions la submergent de souvenirs limpides : son père est assis dans son fauteuil, dans le coin de la pièce, si vrai qu’elle croit entendre le froissement de son journal. Un autre passage lui rappelle l’odeur acide des vêtements de Frankie. L’invention à trois voix en *fa* mineur la pousse dans la rue.

Le soleil est bas sur l’horizon, l’après-midi touche à sa fin. Sur l’asphalte, les petits cailloux projettent des ombres semblables à des caboches. Plus elle avance, plus la rue est déserte. Personne à heurter, à éviter, à fuir. Un essaim d’oiseaux s’élève de la rangée d’arbres qui se dressent au bout de la route.

Points noirs sur le ciel de plomb. Le sang bat dans sa tête, ses oreilles sifflent et son crâne est de plus en plus vide. Elle devrait croiser les bras sur un ventre plein, sentir dans son dos la chaude main d'un Belge, la hanche de Lucas dans son flanc.

*

* *

À la gare, Dora prend le bus en direction de l'institution. Elle est assise tranquillement près de la fenêtre, parmi des femmes aux cabas remplis. Elle voit des maisons de maître alignées, puis de petites propriétés plantées d'arbres imposants, alternant avec des pelouses. Quand les maisons se rassemblent pour former le centre d'un village, le bus s'arrête et les gens en descendent.

"Le Reehof !" crie le chauffeur. Dora aperçoit un palais blanc étincelant au haut d'une pelouse en pente, encadrée de deux chemins qui se rejoignent sous une terrasse. De hautes portes de verre ferment le bâtiment. Derrière, s'étend le parc.

La maison blanche semble vide. Les rideaux pendent immobiles devant les fenêtres. Dora contourne l'édifice. Un homme ou un adolescent à l'étrange stature creuse la terre entre les arbres. Il lui crie quelque chose qu'elle ne comprend pas. Dans le bois, elle aperçoit une casemate de béton : la loge du concierge. Dora frappe à la fenêtre, on la fait entrer. Une odeur de poudre de café surie et de vieille cigarette plane dans la pièce. Dora s'assied à une table de formica en face de l'homme qui lui a ouvert la porte. Celui-ci est vêtu d'un costume particulier, une soutane. Le concierge est un faible d'esprit, pense Dora un instant, avant de comprendre que c'est un ecclésiastique.

L'homme, remarquant qu'elle l'observe, dit : "Frères pénitents. Nous avons soigné les résidents pendant des années. Maintenant, il y a des médecins et des jeunes gens qui ont fait des études appropriées. Nous ne sommes plus que quelques-uns, âgés, très âgés."

Il chausse de grosses lunettes pour consulter le registre des patients.

“Oui, oui, je pensais bien : Dirique, Frank – pavillon de la Loutre. Service des alités. C’est au fond de la propriété, presque à la limite des dunes. Une jolie promenade en perspective.”

Le frère prend un plan pour indiquer à Dora le chemin à suivre.

“En fait, les visites se font le samedi, vous ne saviez pas ? Il y a sûrement longtemps que vous n’êtes plus venue.

— Oui, dit Dora. J’aimerais aussi parler au médecin de mon frère, croyez-vous que ce soit possible ?

— Il est là, j’ai vu sa voiture. Vous savez quoi, si vous y allez maintenant, je vais l’appeler pour vous et, s’il en a le temps, il viendra dans la salle. Vous pourrez le rencontrer là.”

D’un pas lent, elle traverse le parc, longeant des pelouses en pente douce et des allées bordées de marronniers majestueux. Les bâtiments modernes carrés qui se dressent çà et là dans le bois ont des façades de verre et portent les noms de petits animaux, peints sur des plaquettes de bois accrochées à côté des portes d’entrée : Ecureuil, Hérisson, Taupe.

Un groupe de garçons munis d’un râteau rassemblent les feuilles qu’ils portent dans une brouette amenée sur le sentier. Par timidité, Dora longe l’autre côté du chemin, en feignant d’être pressée. Les mains rougies pleines de feuilles automnales, un homme s’avance vers elle.

“Cela doit se faire”, dit-il. Ses dents sont plantées dans le substrat prolifique de gencives rutilantes. Dora acquiesce. Un mongolien chauve oriente ses jumelles vers elle et l’observe.

L’inquiétude lui donne des palpitations. À présent, regarder lentement les plaquettes. Plus loin, à droite, c’est la Loutre, la maison de Frankie.

La porte est fermée et il n’y a pas de sonnette. Dora s’assied sur un muret, près de l’entrée. L’air est frais et brumeux. Elle goûte une pincée de sel. Les dunes s'étendent au-delà de la voie ferrée qui limite la propriété. Une lampe s'allume derrière les fenêtres de la Loutre, jetant un rai de lumière blafarde sur les pierres.

Sur le sentier, poussant une brouette chargée de nourriture, apparaissent deux hommes, un frère et un aide interne, pense Dora. Sur sa soutane, le frère porte un anorak orange. Il ouvre la porte à l'aide d'une clé suspendue à la corde de son uniforme et regarde Dora.

"Vous voulez entrer ?"

Dora se lève et se glisse dans le hall derrière la pile de pains et les bouteilles. Les hommes disparaissent avec leurs provisions dans la cuisine, la porte claque et Dora se retrouve dans un espace abandonné. On s'y sent confiné ; l'air est lourd et douceâtre. De tous côtés, des couloirs aboutissent dans cette cour intérieure. La faible lumière crépusculaire diffusée par une fenêtre du plafond, à moitié recouverte de feuilles mortes, tombe sur le linoléum gris. Des chaises sont empilées contre le mur ; du couloir où les hommes ont amené leur brouette, parviennent des rires étouffés et un cliquetis de vaisselle.

Au fond de la salle, se trouve un piano dont le couvercle est fermé.

Dix-huit pas sonores lui sont nécessaires pour atteindre l'instrument. Elle sort ses bras de ses manches tout en s'asseyant. Le manteau tombe derrière elle sur le sol. Un Bechstein. Le porte-musique est travaillé, ajouré. Le vernis s'écaille et les pédales basses et larges sont ternies. L'ivoire des touches a vieilli. Un accord de basse, chant profond des cordes. Un peu faux. Merveilleux déchant perlé. Pourquoi le *Concerto italien* maintenant ? Elle ne sait pas. Elle joue.

Le frère et son assistant arrivent de la cuisine. Ils s'arrêtent et s'appuient contre le mur. Elle ne les voit pas. Quelqu'un introduit une clé dans la serrure et frappe des pieds pour faire tomber les feuilles mortes de ses chaussures avant d'entrer. Elle n'entend rien. Il n'y a que le mouvement de la musique, l'espace étranger qu'elle explore et remplit de sons familiers. Finalement elle reprend son souffle.

Une ombre sur le sol. Une silhouette sombre, animée de mouvements saccadés, glisse à toute vitesse sur le linoléum clair. Une infirmière en blouse blanche la poursuit, mais s'arrête brusquement à l'entrée de la salle plongée dans la pénombre. Le garçon continue sa progression en direction du piano. Dora l'aperçoit du coin de l'œil et sourit. Arrivé sous l'instrument, il remonte ses jambes sur sa poitrine et reste ainsi recroquevillé jusqu'à ce que la musique s'arrête. Alors, un son éraillé, sauvage sort de sa gorge : “Wohah, wohah !!”

Dora penche la tête et entame solennellement la partie lente. Elle borde son frère avec les lourds accords de basse et, de la main droite, tisse par-dessus une mélodie céleste.

## 17

Qu'il est frais et sain, le matin d'Albi ! Bau passa une nouvelle chemise de coton léger à manches courtes. L'auto sentait la sueur et le vin. Il descendit toutes les vitres et sortit de la ville. En approchant de Toulouse, il se rendit compte qu'il avait tendance à ralentir. Pourquoi ne pas avoir dépassé ce camion traînard, qu'y avait-il à voir dans ces petits parcs stériles des faubourgs, pourquoi avoir freiné si brusquement alors que les feux de signalisation venaient seulement de passer à l'orange ?

Bau s'attendait à trouver un trafic intense au centre de la ville. Il valait mieux ranger la voiture et consulter attentivement le plan. À une terrasse peut-être. Ce doit être une jolie ville, toute de pierres roses.

Il regarda ses avant-bras nus. De petits poils d'un blond grisonnant, peau irrégulière émaillée de taches couleur de café. Plus aucune élasticité, plus aucun éclat. Le ventre débordait largement de la ceinture et, dans le rétroviseur, il perçut l'image fugace de la mince chevelure qui ne cessait de se raréfier sur son crâne.

Quand il la rencontra, il avait le ventre plat comme une planche. À force de ramer. Une épaisse chevelure blond foncé, vigoureuse. Il ne s'imaginait pas devoir la perdre un jour. Aucune indolence, aucune fatigue, à l'époque.

Le long de la route, les indications privilégiaient nettement le Midi. En suivant les panneaux *Foix*, il contourna, en fait, le centre de la ville et se retrouva sur un chemin étroit, au milieu de terrains industriels. Il leva les épaules. Cap sur Foix.

"Une dame vous attend, avait dit le frère portier. Un membre de la famille du patient Dirique. Elle attend à la Loutre." C'était l'automne, au soir d'une longue journée. Désireux de rentrer chez lui, il avait seulement fait un saut pour voir s'il y avait du nouveau, il avait déjà les clés de la voiture en main.

Frank Dirique. Un enfant affligé d'un triple handicap. Non seulement le syndrome de Downs, mais aussi une altération du cerveau consécutive à une naissance difficile, suivie de plusieurs années de malnutrition due à l'Occupation. Ce n'était pas un mongolien sociable et affectueux, ce petit soleil qui illumine la maison, joueur et reconnaissant comme un gentil petit chien. Frank était un garçon grincheux qui se laissait à peine soigner. Il ne parlait pas, ne reconnaissait personne et ne permettait pas qu'on l'approche. Il n'osait pas marcher mais rampait sur le sol de la salle d'hôpital vers sa place, contre le mur, qu'il cognait de la tête. Le chef de service avait fait installer des tapis de gymnastique contre le mur. Lorsque Bau entra en service au Reehof, il découvrit les débiles profonds alités. Ils étaient couchés toute la journée sur des alèses de caoutchouc, entre les barreaux de leurs lits, et étaient nourris et lavés par les frères selon un horaire rigoureux. Il avait apporté un semblant de vie sous la forme d'une espèce de salon dont le sol était couvert de matelas. Tous les matins, on y amenait les lits des patients, qui pouvaient ainsi regarder les arbres à travers les vitres renforcées. Il confia au personnel soignant la charge de jouer avec les patients. Il leur alloua un budget pour se procurer des ballons et des tambours. Les frères pénitents secouèrent la tête. Cela n'allait pas comme ça. Celui qui ne peut rien faire doit rester couché et être soigné. Ordre, propreté et dévouement, voilà ce qu'il fallait. Qui ne comprend rien ne peut même pas prier ; il faut le faire pour lui. L'exercice du culte et les soins d'hygiène remplissaient les journées, le reste était superflu. Les frères virent d'un mauvais œil l'arrivée d'un professeur de gymnastique chargé d'apprendre aux patients à bouger. On fit appel à des professionnels, des jeunes gens incapables de faire la lessive et qui laissaient là le désordre pour chanter avec un patient.

Ce fut un combat long et difficile, mais la défaite des frères était inéluctable. Vieillissants et à bout de forces, ils avaient le temps contre eux.

Bau mena une lutte lente et courtoise, mais impitoyable. La révolte passive l'aiguillonnait, le pieux désintéressement le rendait furieux, mais la vue des vieillards dans leurs étranges soutanes lui inspirait aussi respect et compassion. Un règlement des pensions fut instauré.

Et un psychologue arriva, frais émoulu de l'université et donc informé des toutes dernières théories de l'apprentissage.

Pamiers. Le paysage avait verdi. Plus de mégasupermarchés, d'industries automobiles et de galeries de meubles. Les montagnes pointaient dans le lointain. La route se mit à grimper. Bau approchait des Pyrénées. Il le voulait sans le vouloir.

"Un conflit d'*approach-avoidance*, déclara le psychologue. Effrayés par les faibles d'esprit, ils veulent s'enfuir, mais fascinés aussi, ils souhaitent les fréquenter. Il en résulte qu'ils se retrouvent au carrefour de l'angoisse et de la curiosité. C'est dans ce contexte qu'il faut sélectionner le personnel. Ils ne doivent pas se tenir trop éloignés des patients, mais non plus se précipiter sur ceux-ci en agressant leur système de défense. Sinon, ils n'ont aucun recul et ne peuvent réfléchir."

La théorie de l'apprentissage changea la physionomie du Reehof. Les pensionnaires furent testés, on établit des profils d'évolution et conçut des programmes d'éducation.

L'objectif d'un tel programme ne fut plus déterminé par les exigences de la société ou des parents, mais par l'évaluation des besoins et la mesure des capacités du débile mental lui-même.

Bau ricana dans son for intérieur. Quelle époque ! Même l'idiot le plus profond avait son programme. Établir un contact oculaire, tendre une main, imiter un son. Une infirmière passait des heures à apprendre à un patient comment enlever une chaussette. Si son comportement prenait la bonne direction, le patient recevait une friandise. Le repas devint un numéro de cirque. Les pensionnaires pouvaient choisir ce qu'ils voulaient manger et devaient, dans la mesure du possible, le préparer eux-mêmes. Les plats dégringolaient sur le sol, ils prenaient la nourriture à pleines mains pour la mettre en bouche et chipaient les boulettes de hachis dans l'assiette de leur voisin.

Bau avait surtout parlé. Avec le personnel soignant, pour freiner le rythme du changement ; avec les frères, pour adoucir quelque peu leur sentiment d'avoir tout fait de travers ; avec les proches des pensionnaires, pour leur expliquer les raisons des modifications. Le plus grave fut le démantèlement du cadre de vie : sur les conseils du psychologue, on enleva des murs les tableaux et les décorations et on supprima la radio. Tous ces sons, couleurs et formes créaient la confusion chez les patients qui ne savaient plus où fixer leur attention. L'espace devait être dénué de stimulations, ainsi l'intérêt du débile mental s'orienterait spontanément vers la seule balle rouge qui roulait vers lui. Inhumain, disaient les frères ; inconfortable, selon le personnel, on dirait un laboratoire. Une nécessité absolue, argumentait le psychologue ; Bau expliquait patiemment l'action bénéfique du silence sur la vitesse à laquelle le mécanisme de sélection des stimulations s'installe chez la plupart des pensionnaires. Les résultats lui donnèrent raison. Petit à petit, les patients commencèrent à comprendre où ils devaient porter leur attention et le personnel soignant constata le soutien que leur apportait l'environnement dépouillé. La méthode s'avéra bénéfique pour tous les patients, sauf Frank Dirique.

Il fit halte à Foix pour manger un morceau. Il marcha sur les remparts du château carré et contempla les montagnes dans le lointain. Il y était tout à l'heure. Que faire, où aller ?

Les années passées à soigner des débiles mentaux lui avaient appris à regarder, à peser le pour et le contre et à négocier avec prudence. Il en était venu à aimer les processus lents. Le développement d'un enfant idiot est si progressif, si imperceptible que, par comparaison, un enfant normal semble traverser sa propre histoire comme une fusée. Tous les travailleurs qui se sentaient à leur place au Reehof connaissaient l'amour de la lenteur et la joie que procure le progrès le plus infime. Cela fait du monde un refuge sûr, exempt de toute concurrence et de toute déception. Bau s'en trouvait bien. Il pouvait laisser le processus rapide à sa mère, si fantasque, qui fondait des espoirs démesurés sur la carrière de son fils. En entrant dans l'institution, il se dispensait de devenir chirurgien et abordait, en toute tranquillité, un terrain dont personne n'avait la moindre idée, un sentier secret et sinueux menant à une haute fonction politique au ministère.

Lorsqu'il s'assit à son bureau, il lui fallut constater que les modifications des soins aux débiles mentaux qu'il avait mises en œuvre avaient été appliquées jusqu'à l'absurde. Les malades ne pouvaient plus être appelés débiles, ils étaient logés dans la ville, devaient donner leur avis à ce propos et protester contre la discrimination. Les institutions furent fermées. Les soigneurs devinrent des camarades, laissèrent pousser leurs cheveux et dédaignèrent la structure rigide que

Bau trouvait si bénéfique aux pupilles. En tant qu'inspecteur, il avait combattu cette interprétation, à ses yeux si erronée, de la notion d'équivalence. Finalement, l'affaire fut réglée par le tarissement de l'apport de fonds. Les handicapés cérébraux, comme on les appela dorénavant, regagnèrent leurs logis dans les bois où ils furent soignés par des accompagnateurs soumis à un horaire. Il n'y avait plus d'argent pour les expériences. Tout le monde avait perdu.

Lorsqu'il rencontra Dora, il était encore un fameux froussard. Face aux pénitents, il se sentait fort ; sur le terrain de l'institution, il était le patron, mais, si quelqu'un s'approchait trop de lui, il était perdu. Il laissait poliment tomber ses amies dès qu'elles parlaient de vivre ensemble ou d'avoir des enfants. Il contrôlait sa vie. Il ne vivait qu'à moitié.

Tarascon. Les caisses de courgettes et de raisins étaient presque sur la chaussée. Avec des coups de klaxon sonores, une voiture se rua sur le pont étroit. Des haut-parleurs fixés partout aux maisons et aux réverbères diffusaient une musique tonitruante. Après l'église, on trouvait la sortie vers Ax-les-Thermes. Les montagnes étaient enneigées et l'air était plus frais.

Par cette journée d'automne, il était retourné à la Loutre, agacé. Il avait remis les clés dans sa poche et pestait contre les familles qui voulaient lui parler quand bon leur semblait. Pourquoi ne leur demandait-il pas de prendre rendez-vous pour un autre jour ? Peut-être ne voulait-il pas rentrer chez lui, peut-être cachait-il sa solitude derrière un sens exagéré du devoir. Non, c'est insensé, il était tout simplement curieux. Frank était un patient difficile. Il connaissait sa mère, qui passait une fois par mois et était toujours pressée de repartir. Une femme farouche, qui n'arrivait pas à se consacrer intensément à son enfant. Elle avait quelque chose de bizarre, on ne réussissait jamais à avoir une vraie conversation avec elle, elle avait un côté fuyant et irritable sur lequel se brisait toute tentative. Ses visites se firent plus rares et Bau ne chercha plus à la voir lorsqu'il venait dans le service.

Frank ne semblait pas y attacher d'importance. Assis dans son coin, il cognait de la tête contre le mur capitonné. Il criait, non de douleur, mais pour s'amuser. Une seule fois, une aide-soignante avait réussi à capter son attention en jouant de la flûte à bec. Frank cessa ses mouvements et tourna la tête dans la direction du son. Il riait et se tenait tranquille. Lorsque, après un mois, la jeune fille s'en alla, il retomba dans ses anciennes habitudes. Toute tentative pour l'attirer par des roulements de tambour ou des chants échouait. Personne, parmi le personnel soignant permanent, ne jouait de la flûte.

Il entendit déjà le piano alors qu'il montait le sentier qui menait à l'entrée. Il ouvrit la porte avec sa clé de service et s'essuya les pieds. Debout dans le couloir de la cuisine, le frère Théophile et son assistant Gus regardaient la salle, les bras croisés. Bau plissa les yeux et vit de nombreuses personnes dans la pénombre. Il s'approcha prudemment et suivit le regard des infirmières qui se tenaient le long du mur. Frank Dirique était couché sous le piano. Il riait. Il ne se frappait pas. Il ne cognait pas sa tête contre le sol. Il écoutait, ravi. Quand le silence se fit, il ne dit rien.

Bau fut pris d'un mal de gorge et dut cligner des yeux. Ce n'est qu'ensuite qu'il regarda la femme assise devant le piano. Son manteau pendait comme une traîne sur le tabouret. Elle posa ses mains blanches contre le clavier et pencha le buste de côté pour regarder Frank. Puis elle se remit à jouer, un morceau lent et triste. Parmi tous ces gens silencieux, dans ce milieu de débilité, la femme jouait pour son frère, dans l'obscurité.

Tarascon, ville de foire, avec sa petite tour étroite, était derrière lui. Il s'était engagé dans la vallée qui devait le conduire à Ax et roulait sous des platanes aux troncs tachés qui occupaient largement le bord de la route. Après Ussat, le fond de la vallée s'élargit. À sa droite, le murmure du fleuve venait à sa rencontre ; derrière s'élevaient les montagnes, impitoyables, inaccessibles et abruptes. C'est là qu'il devait aller. Il était quatre heures de l'après-midi.

# 18

“Bau. Bau-bau-bau !”

Avec de petits rires étouffés, Dora se laisse tomber en arrière et remonte les draps jusqu'à son menton.

“D'où vient ce nom ? Dis-moi !

— C'est la faute de ma mère, dit Bau. Elle avait un faible pour la famille royale de Belgique. C'est moi qui ai abrégé le nom, quand j'ai su parler. Je ne l'ai plus changé, on ne peut pas sérieusement s'appeler Baudouin. Prends donc une croquette, voici la moutarde.”

Dora glisse vers le haut. Appuyés au mur, le dos soutenu par des coussins, ils mangent un cornet de frites. Au moment où Dora veut se lécher les doigts, Bau saisit son poignet. Il met les doigts en bouche, un à un, et lèche soigneusement la graisse et le sel de la main ferme de la femme. Il parcourt des lèvres et de la langue l'intérieur des poignets, marbré de veines et de tendons, et la peau douce qui s'étend jusqu'au creux du coude ; il suce une tache dans la courbure du bras, Dora met les mains sur sa tête et la bouche de Bau glisse vers l'aisselle, il souffle, mord et embrasse.

“Dora, c'est aussi un nom terrible. Je ne peux peut-être pas dire ça ?

— Ma mère. Pour elle, tout tourne autour de l'opérette. La sonorité doit être agréable. Elle trouvait ça joli, avec ces deux *d*. Cela me faisait toujours honte. J'aurais préféré m'appeler Laura.”

Dora passe ses bras nus autour du cou de Bau et l'embrasse à pleine bouche.

Après la visite à Frankie, Bau s'était promené avec elle dans le parc. Elle avait vacillé sur ses jambes. Tu te sens bien, avait-il demandé, tu es pâle, viens dans la voiture, tu as mangé ?

Au restaurant, ils s'étaient assis l'un en face de l'autre et avaient constaté avec étonnement qu'ils se tutoyaient. Bau avait parlé de Frankie, du travail au Reehof et des changements des dernières années. Il écouta attentivement Dora évoquer la vie avec son frère, autrefois, à la maison ; il demanda comment elle avait vécu cela, comment elle se sentait et ce qu'elle voulait faire de sa vie et de son talent. Comme je parle beaucoup, avait-elle pensé, c'est à cause du vin, de ma faiblesse.

Il la ramena chez elle. Ils parlèrent dans la voiture, devant la porte, jusqu'à deux heures du matin. De ses relations à lui, de ses affaires à elle, comme s'ils sentaient que, plus tard, ces informations feraient mal. À ce moment-là, c'était encore possible.

Il osait à peine l'embrasser pour prendre congé, mais Dora prit son visage entre ses mains et posa un baiser sur sa bouche.

Ce n'est qu'une heure plus tard qu'ayant mis la clé dans la serrure, elle s'appuya, prise de vertige, au chambranle de la porte. Il avait fait démarrer le moteur, elle lui fit signe et gagna l'étage presque en sautillant.

Ils ont rangé les restes du repas, le lustre est éteint, Bau boit une bière, Dora, de l'eau. Une lumière bleuâtre tombe des grandes fenêtres. Haut dans le ciel, des nuages glissent devant la lune. Elle doit rentrer. Elle veut rester. Elle ferme les yeux et entend Bau poser le verre sur le sol. Elle écoute sa respiration. Il se tourne sur le côté et Dora presse ses fesses contre le sexe doux de Bau. Il soupire et passe son bras autour d'elle.

La première fois qu'elle avait passé la nuit chez Bau, elle n'avait pas vu grand-chose de la maison. À sa deuxième visite, il y avait un piano dans la chambre.

"Je l'ai loué pour toi, ainsi tu pourras jouer quand je serai parti. Pas besoin d'aller à l'école pour t'exercer. Tu peux très bien t'entraîner ici."

Elle avait rougi. Il lui avait donné une clé. Pendant que Bau travaillait au Reehof, Dora étudiait chez lui.

Le soir, elle lui jouait ce qu'elle avait répété pendant la journée. Ils mangeaient en ville ou dans la petite cuisine, puis allaient au cinéma ou au lit. Ils se suffisaient l'un à l'autre et n'avaient besoin de personne.

Après avoir décroché son diplôme de soliste avec distinction, Dora se mit à travailler pour obtenir une bourse d'études à l'étranger.

Un samedi matin, elle rentre, haletante, une enveloppe brune à la main.

"Je l'ai, dit-elle à Bau, encore au lit. J'ai gagné. Je dois encore donner un récital devant le jury, pour me présenter. Mais je l'ai !"

Bau ne dit mot. Il l'attire dans le lit, avec manteau, chaussures et enveloppe. Il lui arrache ses vêtements, lui tient les bras plaqués sur le matelas pour qu'elle ne puisse ni bouger ni s'en aller. Il vient en elle sans la regarder.

Plus tard, tandis qu'ils sont ensemble sous la douche, Bau prend entre ses mains le visage ruisselant de Dora.

"Si tu le désires vraiment, tu dois le faire, dit-il. À condition que tu reviennes.

— Bien, dit Dora.

— Après ce récital, tu pourrais donner une fête, estime Bau. Une telle prestation, ça se célèbre. Quelles sont tes intentions ?"

Rien, Dora n'a aucun projet. Pas question d'envisager une fête. Qui y viendrait, de quoi devrait-elle parler, comment devrait-elle se comporter ?

"Je préfère être avec toi, le soir. Personne d'autre."

Il prend congé le jour de la présentation de Dora. Après les applaudissements et les allocutions, ils rentrent et Dora constate que la chambre a été modifiée. Sur le bureau, des verres et des bouteilles ont remplacé les papiers et, sur une nappe posée sur le piano, sont disposés des assiettes et des plats garnis. Des casseroles carrées de cuivre sont tenues au chaud sur des flammes bleues. C'est l'été, les portes du jardin sont ouvertes sur la terrasse, où Bau a installé des chaises et des bancs. Dora dispose les fleurs qu'elle a reçues dans des vases et des seaux.

Les invités arrivent. Dora et Bau accueillent ensemble à la porte Biermans, Emma et Guido, des compagnons de classe, même Lucas, même Jack. Sur la terrasse, assise sur une haute chaise, Joyce arbore son gros ventre. Gonnie est venue avec Peter, qui, quelque peu embarrassé, présente sa femme à Dora. Plus tard dans la soirée, le couple Heidelberg fait son entrée. Les gens d'autrefois. Que lui veulent-ils ? Dora frissonne. C'est gentil à Bau de s'être donné tant de mal. Elle le voit en conversation avec Emma, il remplit le verre de Guido, Biermans est près d'eux. Tous quatre regardent Dora, lèvent leur verre et boivent à sa santé.

“Viens t'asseoir, dit Joyce. Qu'il est gentil, ton médecin de compagnon. Tu es contente ?”

Dora réfléchit. Les gens viennent, on parle avec eux et on fait de la musique avec eux, on fait l'amour avec eux et, soudain, ils ne sont plus là et on parle et on fait l'amour avec d'autres.

“Je ne pensais pas qu'une telle fête serait agréable. Bau a quand même mis son désir à exécution. Est-ce bien ?

— Oui, c'est très bien. Profites-en. Sens un peu, il remue !”

Joyce guide la main de Dora vers son ventre tendu. Quelque chose, à l'intérieur, pousse contre la paroi abdominale, un pied, un coude ? Effrayée, Dora retire sa main.

"Tu as brillamment joué, dit Guido. Pendant les *Variations* de Beethoven, j'ai eu les larmes aux yeux, tant ton jeu était pur et simple. Félicitations et merci !"

Dora s'éclipse dans la cuisine où Emma dispose du saumon fumé sur des plats. Elle doit le demander, elle doit le dire clairement tout de suite sinon Emma ne comprendra pas. Pense-t-elle à M. De Léon parce qu'elle a joué ? Ou parce qu'elle est avec Bau maintenant ? Que voulait-elle dire exactement ?

"Maman, tu as ça aussi ? Je pensais au passé.

— O ! chérie, ouvre-moi le robinet, mes mains sentent tellement le poisson, non ? Merci !"

Emma se lave les mains en regardant sa fille.

"Un jour comme aujourd'hui, il ne faut pas penser au passé. Tu te tourmentes toujours ! Regarde plutôt la vie que tu as maintenant, une si belle carrière et un ami si gentil. Chasse le passé de ton esprit, ma fille, fais comme moi."

Lucas entre dans la cuisine et chipe du saumon sur le plat.

"Quand tu es invitée à Londres par un orchestre, est-ce que tu dis que tu emmènes ton propre chef ? Tu as de la chance d'avoir obtenu cette bourse ! Quand y vas-tu ?"

Elle doit être contente. Elle est aussi satisfaite de la façon dont elle a joué. Elle a gagné un prix, reçu une bourse. Et pourtant.

"Je commence en septembre. Je vais aussi faire de la musique de chambre. Et trois récitals, c'est déjà décidé."

Ou doit-elle rester ici, auprès de Bau ? Joyce dit que oui, Biermans dit que non. Ne pas y penser maintenant. Les choses se feront comme elles doivent, elle ne peut rien y faire.

Le jardin embaume les roses et l'herbe fraîchement coupée. Bau lui sert un autre verre de vin frais et dit que la fête est une réussite. Et pourtant, pense-t-elle, et pourtant.

Des lettres arrivent de Londres. M. Curzon l'attend à la fin du mois d'août. On a réservé, pour elle, un appartement avec piano et cuisine dans une maison appartenant à l'université. Elle est censée former un trio avec deux autres lauréats du prix, un violoncelliste suisse et un violoniste espagnol. Des concerts sont programmés. Elle appose sa signature au bas du contrat.

"Je viendrai te voir, dit Bau. Au moins une fois par mois. Et tu viendras ici. Nous ne nous perdrons pas."

Dora n'a aucun doute tant qu'elle est devant le piano. Etudier. Travailler sa technique, toute la journée, en paix. Découvrir de nouveaux morceaux, entendre d'autres idées, se mesurer à des musiciens meilleurs. Lorsque Bau rentre le soir, elle a le visage rouge d'effort et d'excitation. Elle bavarde à propos de ses projets et semble déjà vivre à moitié dans la nouvelle ville.

Bau garde le silence. Après le repas, ils vont chez Joyce. Ils apportent au bébé l'ours en peluche que Dora a acheté. Joyce est étendue sur le canapé, sa fille dans les bras. L'enfant, aux paupières d'albâtre, vient de boire et dort paisiblement. Les lèvres minuscules font de petits bruits d'assouvissement. Dora ne touche pas le bébé, elle ne veut pas le prendre sur les genoux. C'est l'enfant de Joyce. Elle a perdu son amie.

"Je trouve ça merveilleux, dit Bau pendant le trajet de retour en voiture. Une mère et son enfant. Tu as vu comme Joyce s'y donne à fond ? Tu n'aspires pas à cela, toi ?" Dora fait non de la tête.

Elle fait deux valises, l'une pour les vêtements, l'autre pour les musiques. Dans une semaine ça y sera. Bau est fatigué et facilement irritable. Il ne comprend pas que Dora ne veuille pas aller dire au revoir à sa mère. Il veut organiser un petit repas, mais Dora n'a pas le temps.

"Tu vas lui manquer, tout comme elle te manque, explique-t-il.

— Mais elle ne me manque pas du tout, dit Dora. Quand je suis là, personne ne me manque. Je joue."

Les traits tendus, Bau se dirige vers la valise ouverte.

"Précisément ! Personne ne te manque ! La plupart des gens se donnent de la peine pour cela, ils emmènent des photos, des objets qui leur sont chers. Dans ta valise, il n'y a que du travail. Pas les livres que je t'ai offerts. Rien qui puisse nous rappeler à toi là-bas. Ça t'est tout bonnement impossible."

Dora s'effraie de cette algarade. La nuit, elle essaie de le consoler. Elle ne le comprend pas. Il soupire dans ses cheveux.

"Je ne sais pas ce qui se passe. Je ne peux pas m'imaginer que cela n'aille pas entre nous, et pourtant je suis inquiet. Peut-être suis-je jaloux de toi. De ce que tu puisses encore étudier un certain temps avant de te fixer. Non, ce n'est pas ça. Je voudrais être ton piano.

— Mais je joue sur tous les pianos, dit Dora. Bechstein, Bösendorfer, Steinway, des plus minables aux plus beaux. Je m'assieds devant et je joue."

À Londres, les devantures des magasins sont peintes dans une couleur vert sombre presque noire. Le nom du propriétaire y est écrit en lettres dorées. Dora habite tout près du British Museum, où l'entrée est gratuite et dont les salles et les longs couloirs ne connaissent jamais l'affluence. Il y a une section consacrée aux manuscrits. Un quartette à cordes de Mozart est exposé dans une vitrine. Sa main a glissé sur cette longue feuille, il a tracé les notes sur les portées étroites, il a imaginé le thème qui est encore joué partout aujourd'hui.

La maison compte trois appartements. Dora occupe celui du bas, son piano se trouve dans une annexe construite dans le jardin. Il y fait froid. Le violoncelliste suisse habite au-dessus d'elle, le violoniste dans le grenier. Elle s'est intégrée à la vie londonienne sans avoir eu besoin de période d'adaptation. Elle étudie de nouveaux morceaux et en reprend d'anciens. Son professeur, un homme corpulent et élégant, aux cheveux plats séparés par une raie, la met en contact avec un imprésario. Lors de sa prochaine visite en Hollande, elle emmènera sa robe de concert.

Elle prépare un programme Beethoven avec le Suisse. Ils se comprennent en peu de mots. Il ne parle pas bien l'anglais et Dora connaît à peine l'allemand. Aucun lien n'est plus fort que celui qui unit violoncelle et piano parce que leurs tonalités moyennes se trouvent dans le même registre. Les deux instruments doivent se céder mutuellement le pas sous peine de se supplanter l'un l'autre ; lorsqu'ils se réunissent, le son est si intense que le corps des musiciens est traversé de frissons. Le Suisse est un garçon à la tête toute bouclée, issu d'une grande famille. C'est la première fois qu'il est si loin de chez lui. Hilare, il est assis dans l'annexe de Dora, son large instrument entre les genoux. Le jeu les échauffe et les merveilleuses lignes mélodiques, qui s'imbriquent de manière si intime, les poussent à l'excitation et à l'audace. Le violoncelle et l'archet dans la main gauche, il se penche sur le clavier pour lire la partition du piano. Sa main droite touche l'épaule de Dora. La chaleur de son corps rayonne vers le visage de la femme.

Bau vient ; ils passent un week-end à l'hôtel car le lit de Dora est trop étroit. Il n'aime pas les maisons d'étudiants. En venant la chercher, il serre la main du violoncelliste dans le couloir et est immédiatement attiré par les sons de violon qui parviennent d'en haut. Tout en se frottant les mains, il fait les cent pas dans les pièces exiguës et froides de Dora. Il veut sortir.

Dora pense aux répétitions avec le Suisse et trouve aussi qu'il vaut mieux séparer les choses. Elle longe le fleuve, serrée contre Bau. Ils prennent un taxi pour aller voir, à Kenwood House, l'autoportrait de Rembrandt. Ils passent tout l'après-midi, assis l'un en face de l'autre, dans un café tranquille. Elle se le redit : c'est ainsi que ça doit être, son compagnon, c'est cet homme. Comment, alors, a-t-elle pu coucher avec Thomas ? Elle l'a suivi dans l'escalier. Il portait le violoncelle haut devant lui. Comment a-t-elle atterri dans ce lit étroit de jeune homme, et pourquoi ? Ne pas y penser ; si elle n'y pense pas, ça ne s'est pas passé. C'est arrivé par jeu. Pendant toute la journée, on sent chacun de ses muscles, la moindre partie de son corps, on prend conscience de ses bras, de ses fesses, de son ventre. C'est la même chose pour lui. Ne plus y penser. Ce n'est rien.

Ils naviguent vers Greenwich. Le soleil perce les nuages de novembre, illuminant les entrepôts, les palais et l'eau agitée. Les bâtiments blancs sont parfaitement rangés au pied de la colline. Ils errent à travers l'ancien hôpital, grimpent jusqu'à l'Observatoire et examinent les cartes de Cook au musée. C'est un après-midi sans faux plis, comme il se doit.

Au retour, ils sont debout sur le pont, dans le vent.

"J'ai trente ans, dit Bau. Je t'accorde tout, mais ce n'est pas bien. Pourrais-tu ne pas revenir ici après la Noël ?"

Le vent lui met les larmes aux yeux. Il est un touriste qui n'a rien à faire ici.

"Je veux acheter une maison, je veux t'épouser. J'aimerais t'avoir près de moi."

Dora acquiesce.

Ce n'est pourtant qu'au début du printemps qu'elle refait ses deux valises et s'en va. Bau lui a installé une grande chambre dans la nouvelle maison. Toutes les partitions sont rangées sur des planches le long des murs et, au milieu de la chambre, trône le piano, le cadeau de retour, la corbeille de mariage, l'offrande.

Les concerts sont moins faciles à décrocher ici, mais, grâce à son imprésario londonien, Dora réussit à s'imposer et joue régulièrement. Elle s'acquitte de ses obligations anglaises au prix de quelques allers et retours rapides en avion.

Dora respire profondément. Elle est chez elle.

## 19

Pendant son sommeil, la maladie recommençait à s'insinuer dans ses os. L'effet curatif du soufre était dissipé et, dans les articulations, le liquide s'accumulait entre le périoste et le tissu conjonctif. Le corps essayait de se tourner, pliait un genou, tentait de modifier la position d'un coude. La douleur augmentait et transperçait le sommeil. Il était quatre heures du matin et Dora s'éveilla les membres ankylosés.

Le rhumatisme était la corde qui l'attachait à cette propriété. Elle stationnait sur ce lopin de terre, telle une chèvre dont la longe fixe la limite du déplacement. Grave ? Pas vraiment. Elle avait assez marché, couru et sauté. Après son mariage, elle était devenue une fugitive.

Elle posa ses mains douloureuses sur son ventre, sous sa chemise de nuit, et étendit prudemment les jambes. Les montagnes étaient déjà un peu plus noires que le ciel qui les surmontait. Bientôt le soleil ferait son apparition. Elle prendrait son bain, enfilerait des vêtements rangés à leur place dans l'armoire, s'assiérait sur le balcon, dans son fauteuil habituel.

Ne plus jamais dépendre d'une valise. Pour autant que l'avion l'ait déjà amenée. Elle avait toujours emporté les musiques avec elle, dans son sac en bandoulière, mais, quant à la robe, les chaussures et la brosse à dents, elle avait dû, parfois, les emprunter ou les acheter à la hâte dans une ville étrangère. La valise n'avait jamais été lourde. Le soulèvement est le mouvement le plus mauvais qu'on puisse imposer à ses mains, la prise de la poignée les déforme, le poids tire sur les muscles au point de les ankyloser et de leur interdire tout effort.

Des objets récalcitrants. Une clé qui n'ouvre pas la porte de la chambre d'hôtel correspondante. Un taxi qui n'arrive pas à se faufiler dans la circulation. Le système de chauffage d'une salle qui ne fonctionne pas. En revanche, des gens par trop conciliants. L'enthousiaste imprésario, le directeur de la salle de concert, l'accordeur de piano – tous étaient ravis de voir arriver Dora. Le chef d'orchestre, le journaliste, la fillette tendant son programme dans l'espoir d'un autographe. Parler. Tout le monde voulait parler. On aurait dit qu'elle connaissait tous ces gens depuis des années. Elle jouait dans une pièce dont elle ne comprenait pas les règles. Elle suivait simplement les autres, eux, ils devaient bien savoir ce qu'il en était. Cela ne lui semblait pas grave de vivre de cette façon, elle n'y pensait pas. Elle perdait des objets : de bons ciseaux à ongles, un gilet auquel elle tenait, un livre, un châle. Elle laissait à l'hôtel les bouquets qu'on lui offrait. Ça ne lui faisait rien, c'était comme ça. Elle se remettait de ses fatigues dans des hôtels toujours différents, ou dans des maisons louées où, après quinze jours, l'inquiétude la reprenait. Elle ne connaissait pas le plan des villes où elle se trouvait et n'avait aucune idée du contenu de son porte-monnaie. Après le concert, elle buvait du vin sur une table couverte d'une nappe, tout le monde riait, le chef et elle mangeaient un morceau, il lui prenait la main sous la table comme s'il était son amant. Tout cela sonnait faux. Elle pensait à Brahms. Elle se disputait pour pouvoir jouer dans la salle, le matin, pendant une heure ou deux, elle léchait les bottes de l'accordeur pour qu'il règle le son du piano comme elle le voulait et acceptait tous les papotages. Elle se concentrait sur le concert, oubliant le parapluie, les gants et le mascara. Elle a égaré des montagnes de courrier, de cadeaux et de souvenirs. À présent, la perte de son assiette préférée suffisait à l'attrister.

Elle sourit pour elle-même et se leva. Tel un animal dangereux, le piano était enfermé dans la chambre.

Dora contourna l'instrument, doucement et prudemment, comme pour détourner l'attention. Il faisait encore frais sur le balcon et des gouttes argentées perlaient sur les feuilles de sauge. Elle s'appuya des bras au mur et regarda les montagnes.

Pourquoi ne s'assiérait-elle pas au piano, ce matin, pour voir la sensation que cela donne, pensa-t-elle. Ou n'est-ce plus possible maintenant qu'elle passe toute la journée à réfléchir ? Autrefois, elle ne pensait jamais, en tout cas pas en mots, comme les autres. Elle avait toujours des sons en tête. Il le fallait pour garder à l'esprit la structure des fugues, sonates, nocturnes et études. C'était cela sa maison, qu'il lui fallait entretenir. Ses pensées musicales étaient plantées perpendiculairement au réseau de paroles tissé par les autres. Elle ne s'exprimait qu'au piano. Son seul espoir d'atteindre quelqu'un reposait dans ces sonorités. Autrefois.

Par la fenêtre du couloir, Dora jeta un regard sur le village. La porte de l'hôtel était ouverte et, dans la cuisine, la lumière était allumée. Elle prit sa canne et descendit le sentier. L'hôtel embaumait le café. Françoise, la propriétaire, se tenait près de la porte de la cuisine, des baguettes sous le bras. Elle portait un tablier à carreaux bleus. Elle se mit à bavarder dès l'arrivée de Dora. Tout en parlant, elle apporta du pain, du beurre et de la confiture de mûres. Elle servit le café et s'assit en face de Dora.

Tout comme elle répétait des sonates dans sa tête, Dora devait ressasser les mêmes histoires. Chaque fois, sa mère mourait après une vie de misère et de dur labeur. Sans cesse, son père faisait passer la frontière secrètement, la nuit, à des réfugiés, par un chemin qu'il était le seul à connaître : de jeunes enfants, des femmes chaussées de légers escarpins, tenaillés par la faim et la peur. Toujours son père gardait le silence à son retour et, dans chaque récit, était abattu par des traîtres.

Chaque fois, Dora et Françoise entonnaient le refrain en chœur : la guerre tue les hommes et arrache l'âme des femmes.

Le facteur entra et s'approcha des femmes attablées. Il chercha dans sa sacoche de cuir noir la pile de factures destinées à l'hôtel. Avec des soupirs et des plaintes, Françoise lui versa du café.

“Je vous donne aussi votre courrier, madame ? Cela m'évitera d'aller là-haut.”

Une facture de la firme de pianos de Toulouse. Un journal des Pays-Bas. Une lettre tracée d'une écriture vaguement connue :

*Pour raison professionnelle, je serai dans les Pyrénées la semaine prochaine. Si tu es d'accord, j'aimerais te rencontrer. Réfléchis-y, je reprendrai contact avec toi.*

BAU

# 20

À sept heures moins le quart, le réveil sonne du côté de Bau. Celui-ci gémit et se retourne, se glisse contre Dora, contre son corps chaud et délicatement parfumé.

"Tu dois sortir, tu dois aller travailler", lui chuchote-t-elle dans le cou. Elle replie les jambes et tente de le pousser hors du lit.

"Encore un peu, dit Bau. Je ne te reverrai que ce soir."

La lutte se transforme en étreinte. Ils font l'amour. Puis il se lève d'un bond, ouvre les rideaux et se hâte vers la salle de bains.

Dora se glisse sous les couvertures, dans une odeur de sueur et de sperme. Bau chante sous la douche. Il entre nu dans la chambre, Dora l'épie à travers ses cils – la *Toccata* de Schumann. Fort, dense, éclatant de force. Elle a du sperme visqueux sur les cuisses. Il part rejoindre Frankie et les frères. Si elle se penche, cet après-midi, elle le sentira soudain couler hors d'elle. Et, ce soir, elle entendra l'auto arriver. Le moteur s'arrêtera, la portière claquera et il se retrouvera dans la cuisine. Il revient toujours.

Sa chemise d'hier traîne par terre, Dora l'attire à elle. Elle veut avoir sa forte odeur, toute la journée, contre le corps ; la chemise est douce et souple lorsqu'elle a été portée par Bau tout un jour. Elle lui donne une sensation de fraîcheur aux mamelons et est aussi longue qu'une petite robe. Dora met les doigts dans ses boucles et se frotte le cuir chevelu. De la cuisine parvient de la musique sur laquelle elle danse, en levant très haut les jambes.

Les cheveux de Bau sont coiffés à plat. Son visage brille et il est rasé de près. Il a préparé, pour Dora, une tartine rôtie avec du beurre et du miel. Son sac est près de la porte. Dora porte le café à ses lèvres, l'odeur lui paraît tout à coup étrange et elle réprime un haut-le-cœur. Elle ne peut avaler aucune bouchée de la tartine. Lentement, le beurre doré fond sur le pain. Les aiguilles de l'horloge de cuisine se traînent de graduation en graduation. Tout à l'heure, il se lèvera, mettra son manteau et s'en ira. Une extrême fatigue lui ramollit les muscles, elle est affaissée sur sa chaise, elle a du mal à se tenir droite. Pars maintenant, vas-y.

Lorsqu'il rentre le soir, Dora, lavée de frais, est assise au piano, en pantalon de jeans, les pieds nus sur les pédales.

"Surprise ! Après ton concert, je prends congé. Nous allons partir en voyage de noces, madame Kraggenburg ! Joue encore à ton aise, je vais préparer un plat italien, il faudra un certain temps."

Il laisse la porte ouverte. Dora cherche son Scarlatti pour rester dans l'ambiance.

Bau prend un guide de voyage dans la bibliothèque et lui fait la lecture : Orvieto, San Gimignano, Siena.

La lumière de la lampe luit dans ses cheveux. Ils sont mariés. Elle n'avait pas voulu de fête, ce qui l'avait irrité, mais il ne lui a rien imposé. En sortant de la maison communale, ils ont roulé vers la mer. Ils ont marché toute la journée. Un vent salé chassait de l'écume sur le sable. Ils ont mangé au restaurant du port ; puis ils ont dormi dans leur propre lit.

"Tu peux tout de même bien partir pendant une dizaine de jours ? Ou ça t'inquiète, c'est trop long ?

— Merveilleux, dit Dora. Je pense que je peux me passer de piano pendant deux semaines. Avec toi. Ensuite, je commencerai à étudier le programme pour l'Amérique. J'aurai assez de temps. Tu as très bien planifié cela."

Le visage de Bau se rembrunit. Il laisse tomber le livre sur ses genoux et la regarde. "Tu veux vraiment faire cette tournée ? Deux mois, c'est très long.

— Il le faut, dit Dora. Quand on te propose ce genre de chose, tu dois le faire, c'est tout.

— Si ça marche bien, ce sera encore pire, tu devras y retourner l'année prochaine."

Dora acquiesce. Cela ne dépend pas d'eux. Elle doit jouer, elle doit jouer partout, elle doit faire entendre les sons qu'elle a dans la tête. C'est la seule chose qu'elle sache faire, la seule qu'elle maîtrise. Il le faut.

"Chérie, quelle chance pour toi, une si belle invitation. Quel honneur !"

Emma rayonne. Elle a pris du poids, pense Dora, elle est grosse et heureuse. Bien différente de ce qu'elle était autrefois. C'est grâce au chant, à Guido, à la nouvelle vie. C'est ma mère. Elle est fière de moi.

"Mais d'abord le voyage en Italie, dit Guido, de sa profonde voix de basse. On mange bien là-bas. Ne va pas seulement dans les musées, hein !"

Ils sont assis à la table de la cuisine, chez Emma. Guido s'est enveloppé d'un grand tablier et fait la navette entre la cuisinière et la table. Il a rôti des faisans qu'il présente sur un lit de choux blancs. Une nouvelle poêle, constate Dora. Un nouveau service et d'autres chaises. L'évier est toujours l'ancien. L'ami de sa mère se déplace dans la cuisine comme chez lui. Il trouve les ustensiles sans chercher et range tout en préparant le repas.

Après le dîner, Emma et Dora font la vaisselle. Bau s'est retiré dans le salon avec Guido pour boire un dernier petit verre. De quoi parlent-ils ? Des voitures ? Des femmes ? De femmes qui font des tournées ?

Sur les mains d'Emma, il y a de petits coussins de graisse. Elle retire ses bagues avec difficulté et les pose dans le petit bac du savon. L'étroit anneau d'or d'Egbert n'y est pas.

"Il est devenu trop petit", dit Emma, en mettant le tablier de Guido. Son visage est rouge lorsqu'elle relève la tête. Les mains dans l'eau savonneuse, elle se met soudain à parler.

"Le battoir, tu te souviens ? On y mettait un morceau de savon gris et on frappait l'eau jusqu'à ce qu'elle soit sale. Je trouvais toujours que ça sentait mauvais. Elle a connu tant de malheurs cette cuisine. Heureusement, c'est derrière nous, je m'en réjouis chaque jour. Ton père était un homme difficile. Il avait des raisons, bien sûr. La guerre. Un enfant handicapé. Bau est bon pour toi, tu peux travailler à l'aise, il l'accepte. Moi, j'ai arrêté de chanter à la naissance de Frank."

Les assiettes, l'argenterie. Emma examine ses mains travailleuses. Quelle bavarde, pense Dora. Avant, elle ne parlait jamais autant, et certainement pas du passé.

"Tu regrettes d'avoir eu des enfants ?"

Dora s'effraie de sa propre question. Elle essuie les verres avec soin. Elle tourne le dos à l'évier pour les poser sur la table.

"Ça s'est passé comme ça, dit Emma. Après, on peut en penser ce qu'on veut, mais ça s'est passé comme ça s'est passé. Ça n'a pas été facile, c'est sûr. Et, à cause de la guerre, tout est devenu effrayant. Ton père était impossible, il avait de ces idées, il avait peur. Je ne pouvais pas sortir de la maison. Il faisait froid. Le plus grave, pour moi, c'est que tout était sale, c'était encore pire que la faim. Toi, tu avais ton piano, grâce à Dieu, tu arrivais à faire taire Frank. Si tu veux vraiment savoir : c'était un enfer.

— Et quand tu étais enceinte, maman ?"

Emma ne dit mot. Elle récure rageusement une poêle avec une éponge.

"Il l'a laissée s'encrasser, je n'arrive plus à la nettoyer !

— Maman ?

— Ah ! ma fille, je ne sais plus. Ces années ont été dures pour tout le monde. Il ne faut pas remuer ça."

L'eau de vaisselle s'en va en tourbillons. Il reste des petits lambeaux de faisan et des petits fils de chou sur le carrelage. Des bulles de mousse, des petits morceaux de graisse. Emma jette les saletés dans la poubelle et frotte l'évier à l'aide de la brosse à vaisselle jusqu'à ce que les pierres brillent.

*

* *

La grande place de Sienne repose au soleil, telle une coquille rougeoyante. Ils sont assis sur le bord de la fontaine ; Bau consulte son guide de voyage et Dora regarde les maisons alentour, les yeux mi-clos. Elle étend les jambes, elle a enlevé ses sandales et fait bouger ses orteils. Rester ici éternellement, au creux de cette paume de pierre, dans cette lumière.

"Là, de l'autre côté, c'est là que nous allons", dit Bau.

Ils se promènent, main dans la main, en direction du palais qui se dresse au pied de la place légèrement pentue.

Ils doivent se joindre à un groupe de touristes ; une femme bien maquillée portant une pile de papiers leur parle dans un anglais étrange. Elle conduit les visiteurs, par un couloir, vers une grande salle aux murs peints et raconte, en même temps, sur un rythme rapide et jacassant, l'histoire du palais. Bau s'est détaché du groupe et longe les murs en scrutant son guide. Dora recule de quelques pas. Si cette femme pouvait se taire. Ce qu'elle raconte ne l'intéresse pas. La fraîcheur de cette salle de pierre est agréable. Elle lève les yeux et voit la fresque représentant un cavalier chevauchant dans la nuit, d'une ville à l'autre. Il porte un large manteau et paraît triste et déterminé.

La femme volubile veut continuer la visite, le groupe disparaît par une porte et Bau fait signe à Dora de suivre. Celle-ci secoue la tête et va s'asseoir sur le banc, en face de la peinture murale.

Il a d'autres choses en tête, le cavalier, des choses importantes. Il ne peut rester confortablement à l'abri des remparts de la ville. Peut-être des gens ont-ils tenté de le faire changer d'idée. Reste, mange ce délicieux repas, écoute-nous – mais il porte le regard au-delà d'eux, on dirait qu'il ne les entend pas. Il doit partir, seul avec son cheval dans la nuit bleu de cobalt, et personne ne peut le retenir. Si, peut-être ? Si le périple dure et dure encore, si la ville qui est dans le lointain ne peut s'approcher, ne perdrait-il pas sa détermination ?

Les étoiles brillent d'un éclat glacé et argenté et il fait froid. En chantant, quelqu'un pourrait arrêter le cavalier et son cheval. Alors, peut-être ferait-il demi-tour à la recherche de l'homme au chant si irrésistible.

Envie de vomir. Elle n'aurait pas dû manger ce gâteau. Fermer les yeux un instant, rester tout à fait immobile, arrêter les pensées. Poser une main sur le marbre froid, puis sur le front.

Après une éternité, un jour, un quart d'heure, Bau la rejoint. Dora lève les yeux, surprise, comme si elle ne l'attendait plus. Sans un regard d'adieu au cavalier, ils regagnent ensemble la place.

*
* *

Le périple italien n'a pas reposé Dora. Lorsqu'elle commence ses exercices matinaux, il lui arrive d'être si fatiguée qu'elle peut à peine porter ses bras au clavier. Elle va s'étendre un peu et se réveille quand le soleil descend déjà sur l'horizon. Le sommeil l'attire comme un courant puissant, tout au long de la journée. Dans la salle de bains, elle verse de l'eau froide sur son visage, sur ses poignets, dans son cou. Elle se voit dans le miroir : yeux enfoncés dans les orbites et chevelure terne. Elle secoue la tête pour en rejeter le voile de léthargie, elle se force à parcourir la maison en martelant le sol dans l'espoir de retrouver l'autre elle-même, l'ancienne, la forte aux yeux vifs. Sans s'en rendre compte, elle s'étend sur le canapé et s'endort.

Carence en vitamines, dit Bau. Il lui presse des oranges et lui ramène des comprimés de suppléments de la pharmacie de l'institution. Il y est écrit : *Mme D. Kraggenburg, trois fois par jour*. De grosses pilules à l'odeur de paille.

"En fait, je ne veux plus m'appeler comme ça", dit Dora.

Bau la regarde, irrité.

"Quelle sottise ! Évidemment, tu t'appelles comme ça. Pourquoi garderais-tu le nom de ton père ? Tu n'étais pas si folle de lui. Maintenant, tu es mariée avec moi, tout le monde peut le savoir."

Avec brusquerie, il lui tend un verre d'eau.

Dora avale les pilules.

Des images d'Egbert lui traversent l'esprit, elle le voit assis sur le sol avec Frank, il se tend vers une balle rouge. Elle devrait à nouveau aller jouer pour Frank, pense-t-elle, il y a déjà longtemps. Mais elle est si fatiguée.

"Ce serait bien mieux si tu annulais tout simplement."

Soudain, elle entend à nouveau Bau. Il parle de la tournée. Il ne veut pas qu'elle la fasse.

"Tu continues à travailler. Deux semaines de vacances ne suffisent pas. Tu devrais prendre un vrai repos. Ton corps proteste, tu le remarques quand même ? Je trouve cette tournée de concerts trop longue et trop fatigante pour toi.

— Mais ça va encore durer des mois, dit Dora. Des mois !"

D'un coup sec, Bau se redresse. Il tourne vers Dora un regard tendu. Puis il bondit et crie : "Jésus ! Des mois ! Dora ! Tu es enceinte !"

C'est donc ça. C'est pour ça qu'elle dort toute la journée. C'est pour ça que son attention, qu'elle a du mal à orienter vers la musique, se tourne irrésistiblement vers son corps. C'est pour ça.

Dora sait immédiatement que c'est vrai. Et pourtant.

"Moi ? Enceinte ? C'est impossible."

Elle pose les mains sur ses seins gonflés, sur son ventre.

Son hypersomnie a disparu. Elle se lève tous les matins en même temps que Bau et mange trois tartines. Elle a faim toute la journée. Elle jette le contenu de la garde-robe sur le sol et remet le tout en place, par petites piles. Elle va à vélo chez Joyce. Elle étudie le *Premier concerto* de Beethoven et celui de Mozart en *la* majeur. Son sentiment de bonheur rejaillit dans la musique où elle parvient à produire des rythmes rapides et de joyeuses interprétations.

"Tu as sûrement renoncé, maintenant, dit Bau. Tu peux difficilement voyager en Amérique avec ce ventre. J'ai d'ailleurs pris un rendez-vous pour toi chez Van Beek. Un excellent gynécologue et un homme gentil. Il s'occupera bien de toi."

Un gynécologue. Dora s'effraie en pensant à l'impossible position d'examen, renversée sur le canapé, les fesses avancées au maximum, les creux des genoux contre l'acier froid des étriers, les jambes écartées, livrant passage au médecin qui introduit en elle sa main de plastique, qui saisit un appareil brillant servant à la maintenir ouverte pour pouvoir l'examiner au plus profond d'elle-même.

Le docteur Van Beek porte des lunettes qui lui agrandissent les yeux. Il la regarde amicalement et lui demande comment elle se sent et si elle est contente d'avoir un bébé. Elle ne doit pas écarter les jambes, il veut laisser l'enfant tranquille, dit-il. Ses mains chaudes pressent un instant son ventre et il fait un signe de tête, satisfait. Dora doit monter sur la balance et peut ensuite se rhabiller. Dans le jardin du médecin, une pelouse descend doucement vers une pièce d'eau où se dresse un grand saule.

Quel âge avait Emma à la naissance de Frank, demande Van Beek. Il griffonne quelque chose sur une fiche et lui fixe un rendez-vous pour le mois suivant.

"Vous pouvez faire tout ce que vous voulez, vous êtes une jeune mère en bonne santé. Bonjour à votre mari, à la prochaine fois !"

Une main sur l'épaule de Dora, il saisit, de l'autre, celle de la jeune femme, qui sort du couloir en dansant.

Le facteur apporte une lettre émanant de l'Orchestre à cordes hollandais. Elle contient un plan de voyage et une liste provisoire des répétitions. Celles-ci commencent une semaine avant le départ. Il y a deux programmes. Elle jouera Beethoven et Mozart, sous la direction de Samuel Silberman. Dans un mois exactement, elle se rendra à la répétition avec son sac à musiques, discutera du rythme avec Silberman et fera la connaissance du premier violon. C'est passé à côté d'elle, elle le sait sans le savoir. Elle laisse la lettre sur son bureau et va s'asseoir au piano.

Le samedi après-midi, ils marchent dans les dunes, courent dans le sable mou et glissent sur la plage. Ils tombent et restent étendus, l'un contre l'autre. Puis Bau la porte vers l'eau et ils se promènent lentement sur le sable dur. Il a passé un bras ferme autour d'elle, les élancements dans son flanc diminuent et disparaissent. Il s'arrête et l'embrasse. Le soir, au lit, ils cherchent des noms pour l'enfant, ils devinent son aspect, la couleur de ses cheveux, ses formes. Ils imaginent son caractère et le déroulement de sa vie. Une fille, pense Dora. Elle ressemblera à Bau et tétera mes seins.

Le dimanche matin, Bau va rendre visite à sa mère. Dora veut étudier. Elle ne se sent pas à l'aise dans la grande maison de La Haye et ne peut suivre la conversation de la vieille dame. Bau ne l'oblige pas, il lui caresse les cheveux et la laisse seule.

Pendant qu'elle joue, il lui semble que son ventre requiert son attention. Une douleur gênante comme celle qu'elle avait autrefois peu avant d'être indisposée. Aux toilettes, elle remarque une petite tache de sang sur sa culotte. Ce n'est pas normal. Aurions-nous dû éviter de faire l'amour aussi intensément hier? Quelques instants au lit. Une bouillotte sur le ventre. Replier les genoux. Bien enfoncée sous les couvertures.

Quand Dora s'éveille, il fait déjà noir. Elle sort prudemment de son lit et est prise de vertiges. Son dos et ses aines sont douloureux. Elle doit se tenir à une chaise pour ne pas tomber. Elle aperçoit son visage dans le miroir de la garde-robe : blanc grisâtre. Ses épaules fluettes pointent vers le haut. Il n'y a pas de lumière dans le couloir, elle descend dans la pénombre. Dans le salon, Bau, assis à la table, examine une pile de papiers. Il lève les yeux lorsqu'elle entre. Dora s'appuie au chambranle de la porte.

"Qu'est-ce que c'est?" demande Bau, en désignant un papier. Il reste assis.

"Tu avais pourtant renoncé à cette tournée? Nous l'avions bien convenu il y a longtemps?"

Le plan de voyage. Il a trouvé les documents de l'orchestre. Dora croise les bras autour de sa taille.

"Comment imagines-tu cela exactement?"

Bau pose la question sur un ton qui exclut toute réponse. "Tu ne devrais pas discuter d'abord ce genre de problèmes avec moi? Van Beek est au courant?"

Il soulève le plan entre pouce et index. Puis il le lâche et les papiers tombent sur le sol en tournoyant.

“Je ne savais pas”, dit Dora. Elle se racle la gorge ; c’est comme si les mots refusaient de sortir.

“Ici, il est clairement écrit le contraire. Comment ça, tu ne savais pas ? Depuis des semaines, tu prépares ton programme. Tu savais très bien ! Tu aurais dû téléphoner pour annuler tout ce cirque, il y a des mois !

— J’ai oublié.

— Nom de... Dora. Ce n’est pas possible. Tu te rends tout de même compte de ce que tu fais. Sillonner l’Amérique en bus, à toute vitesse, pendant deux mois. Le stress. Le manque de sommeil. La mauvaise alimentation. Enceinte de cinq ou six mois. Réfléchis donc un peu !!”

Le visage de Bau s’est empourpré. Ses lèvres tremblent. Il reste assis. Entre Dora et lui, s’étend la longue table, la lumière de la lampe luit comme de l’eau sur le bois poli.

“Mais je veux jouer. Je l’ai convenu. Je dois le faire.”

Dora s’entend parler. Ses oreilles bourdonnent. Elle essaie de se redresser. Des douleurs lancinantes partent de son dos vers ses jambes. Elle appuie fermement les pieds sur le sol.

“Tu ne pars pas, dit Bau. Je me suis fait une telle joie à l’idée que tu serais à la maison. Avec ton gros ventre. Que nous ferions tous les préparatifs pour l’arrivée de l’enfant. Ensemble. Tu ne dois pas y aller. Appelle-les demain. Dis-leur de prendre quelqu’un d’autre. Pour raison médicale, tu peux rompre ton contrat. Dora ?”

Dora lâche la porte. Elle fait deux pas dans la pièce.

Le long de la face interne de sa cuisse, coule quelque chose de chaud, quelque chose de mouillé. Elle regarde vers le bas. Il y a du sang sur le plancher clair. Les gouttes s’échappent une à une de son corps et tombent sur le sol en taches rondes frangées de petites traînées semblables à des poils. De plus en plus. Les bourdonnements d’oreilles s’amplifient, lui résonnent dans toute la tête. Bien qu'elle ait les yeux ouverts, elle ne voit que du noir, zébré d'éclairs. Elle entend les pieds de la chaise de Bau crisser sur le sol. Il crie quelque chose. Elle tombe.

# III

# 21

Exécutant un brusque virage, la voiture de Bau prit possession d'un emplacement de parking en heurtant le trottoir élevé dans un crissement de pneus. Parcourir deux mille kilomètres pour sentir le même soleil lui irriter les yeux. Portefeuille, lunettes solaires. Il ferma la portière d'un coup de talon. Penché au-dessus du parapet, il regarda le lit de la rivière où une eau sale coulait paresseusement entre les pierres, léchant des bouteilles de plastique et baignant des tas d'immondices. Un doux parfum de pourriture s'exhalait du courant. Bau fit demi-tour sur les talons. Gaz d'échappement. Klaxons. Chaleur.

Il se dirigea vers le centre, parmi des touristes en short, ruisselants de sueur. L'agacement allongeait son pas, ce qui l'obligeait à louvoyer entre les traînards, à entrer en collision avec ceux qui venaient en sens inverse et à trébucher sur la laisse qui reliait un caniche à son arrogante maîtresse.

Quel fichu patelin, quel infernal boucan, quel climat pourri ! Quelle idée de venir ici, de chercher un hôtel, d'y passer quelques jours.

Repartir tout de suite, pensa-t-il, revenir à la voiture, embarquer et retourner. Mais ses jambes poursuivirent jusqu'à une petite place où des gens étaient assis en rangs serrés, les pieds dans un bassin carré. Pris de dégoût, il détourna le regard et aperçut, de l'autre côté de la route, l'imposant casino, tapissé de petits drapeaux de plastique orange et vert vif. Des garçons et des filles aux cheveux gras et le ventre à l'air étaient assis sur les marches. Appuyés sur leurs sacs à dos, ils se nourrissaient du contenu de sachets de papier. Des haut-parleurs accrochés partout sur la façade diffusaient de la musique pop française, tonitruante et huileuse. Au milieu du rond-point, perdue parmi des autobus et des camions, se dressait l'église. Une femme se glissa soudain du portail sur la route, une voiture klaxonna et freina en faisant crier ses pneus. Échange de paroles, voix stridentes, un rire surprenant. Les murs de l'église étaient de béton ; les quelques anciennes pierres qui subsistaient étaient devenues méconnaissables sous les couches d'enduit et de ciment dont on les avait recouvertes.

Derrière l'église, un chemin montait en oblique entre des façades blanches et des platanes. Bau progressait avec peine sur les cailloux inégaux. Il s'arrêtait devant chaque vitrine de magasin pour jeter un regard absent sur les marchandises exposées. Grille-pain, bandages herniaires, plats à feu. À l'extrémité de la rue, un hôtel était adossé à une paroi rocheuse boisée. Un escalier menait à une terrasse où des gens se désaltéraient, assis sous des toiles jaunes. Les tables étaient éloignées les unes des autres. Un tintement de couverts parvenait par les portes ouvertes. Bau entra et retint une chambre située à l'arrière.

La chambre, froide et sombre, sentait le renfermé. Un bois finissait tout contre la façade arrière. Il ouvrit la fenêtre et dut déployer une certaine force pour repousser une branche vigoureuse. D'autres passaient par la fenêtre et se dédoublaient dans le miroir de la garde-robe, emplissant la chambre d'une odeur de pin. Bau se laissa tomber sur le lit et ferma les yeux. Erreur. Il n'aurait pas dû. Que faire, alors ? Appeler Dora pour lui dire qu'il était là ? Il se représenta une sonnerie de téléphone, sa voix qui lui pénétrerait soudain dans l'oreille, l'hésitation qui naîtrait de son ignorance de l'apparence actuelle de Dora. Il vaut mieux pas. Plutôt me retrouver sur son trottoir sans m'être annoncé ? Cela ne peut se faire après des dizaines d'années de silence, d'autant qu'elle n'avait pu l'atteindre pour lui dire si elle souhaitait ou non une rencontre. Il avait mal emmanché l'affaire. Que voulait-il donc ?

Il défit la ceinture de son pantalon et écarta les bras sur le matelas. Il balança de droite et de gauche sa tête posée sur le traversin, comme s'il voulait chasser de ses oreilles trois jours de vrombissement de moteur.

C'était comme s'il était pris avec Dora dans une toile élastique qu'il étirait péniblement chaque matin lorsqu'il allait au Reehof. Elastique qui se tendit à l'extrême pendant sa tournée de dix jours en Angleterre et qui reprit avec force sa position initiale au moment où il la ramena de l'aéroport. Le choc les abasourdit. Pourquoi ? Jamais encore il ne s'était senti lié à quelqu'un de cette façon. Certes, il était sur ses gardes. Elle l'avait entraîné dans un état de promiscuité animale auquel il n'avait plus jamais osé se risquer par la suite, même avec ses propres enfants. Pourtant, il parlait plus facilement avec Johanna, pourtant il avait été un père gentil et attentif, pourtant, il jouissait, au sein de sa famille, d'un bonheur tranquille.

Pendant la grossesse de Dora, il avait la sensation d'avoir conquis le monde. Il s'imposait partout, sans limites, et tout lui appartenait. Mais le désarroi avait toujours été présent. Quand elle se détournait de lui pour se consacrer à son jeu, il était envahi par la colère et, en même temps, rassuré par la conscience de l'imperturbable solitude de sa femme au piano. Il avait attendu, pétrifié, derrière la porte de son bureau, incapable de décider de quel côté aller. Lorsqu'il assistait à un récital, il recroquevillait les orteils de honte à l'idée des confidences qu'elle livrait au public à travers son jeu ; dans les accents qu'elle y mettait, dans les variations de rythme qu'elle apportait, il reconnaissait les sons qu'elle émettait lorsqu'elle atteignait l'orgasme. Il était mort de honte, mais rayonnait de fierté et fondait d'émotion.

Une ventouse qu'on retire d'une plaque de verre, telle avait été la séparation. Cette image prosaïque fit ricaner Bau. L'image exacte. Il avait fourni un effort démesuré pour se détacher. Il y avait danger. Le verre pouvait se briser, le caoutchouc pouvait se déchirer. Irrémédiablement.

Il s'éveilla, se redressa et se cogna à l'armoire dont le miroir reflétait les mouvements des branches qui se balançaient doucement dans l'obscurité. À côté de la porte, il découvrit un interrupteur qui ne fonctionnait pas. À tâtons vers la salle de bains, les bras écartés, en traînant les pieds. Lumière jaunâtre au-dessus du lavabo. Sa tête marquée de plis et des cernes sous les yeux. De l'eau. Le verre tomba avec un tintement sur le sol sans se briser. Du calme, pensa-t-il, du calme. Aller chercher la voiture, marcher un peu dehors. Ensuite, dormir. Demain, il décidera de son emploi du temps. Pour le moment, il n'y a rien à faire.

Sur la terrasse, des clients de l'hôtel s'attardaient à table. Deux couples. Un homme âgé avec une fillette. Bau descendit le perron et arriva dans la rue. L'air du soir lui caressait la peau. Tout était calme. Marchant sous les platanes, il entra dans la petite ville. Un commerçant descendit ses volets, une femme traîna une chaise à l'intérieur et ferma la porte. Près d'une tente, dans le parc du casino, des hommes, assis sur des chaises de plastique, buvaient du vin rouge. Sur la place, l'eau de la fontaine aux lépreux désertée crachait de la vapeur. Il prit une rue étroite, derrière l'hôpital, et erra par les ruelles en pente. De chaque côté des rues légèrement bombées, les larges rigoles étaient interrompues, çà et là, par des bouches d'évacuation où l'eau s'engouffrait en tourbillons avec des sifflements et des crachotements. À un croisement de ruelles, Bau s'arrêta : partout des panaches de fumée, le giclement de l'eau et l'odeur pénétrante du soufre. Il se pencha pour mettre la main dans le caniveau et la retira précipitamment. Brûlant. Une ville tranquille pleine d'eau bouillante. Il passa devant le jardin d'un établissement thermal de style baroque et vit de nombreuses fontaines lancer en l'air des tourbillons d'eau sulfureuse. Le long des rues, l'eau charriait des feuilles mortes, des mégots de cigarettes, des mouchoirs de papier, des sacs de plastique et des emballages de chewing-gums vers la rivière. C'est là que se trouvait la voiture.

L'eau de la douche ne contenait pas de soufre, mais du chlore et elle était à peine tiède. Il la fit fouetter longtemps ses épaules, ses yeux, ses cheveux. Il se glissa, nu, entre les draps. Demain, demain, on verra.

## 22

La douleur se démène dans son corps comme une bête sauvage, lui déchire les entrailles, lui impose de cruels lancements dans les aines et lui accorde parfois, de manière inattendue, un instant de répit. Dora ouvre alors les yeux tout en restant étendue, immobile. Bau a placé une serviette sur la lampe. Il a quitté ses chaussures et contourne le lit sans faire de bruit. Il n'est sûrement plus fâché, pense Dora. Il caresse son visage en sueur et s'assied près d'elle.

"Tu as mal ?", demande-t-il. Dora garde le silence ; il repousse les couvertures pour placer une serviette pliée en deux sous ses hanches. La douleur revient. Le regard de Dora se reporte sur l'intérieur de son corps. Bau lui masse le dos, presse de ses larges mains l'endroit douloureux juste au-dessus des fesses, tout en chuchotant que c'est bien, que ça va passer, encore un peu, encore un peu.

Le flux et le reflux de la douleur se prolongent pendant des heures. Bau s'est étendu contre Dora, il soutient ses jambes repliées et souffle dans son cou en sueur. Entre les accès douloureux, Dora regarde en direction de la fenêtre. Ils ont oublié de fermer les rideaux. Noir, gris, grisâtre, blanchâtre.

L'aube arrive avec les spasmes les plus violents. Dora se tourne sur le dos. Elle sent s'échapper d'elle l'enfant, son existence dans cette maison, son droit à une vie normale. Elle crie d'effroi et de douleur.

Bau regarde la serviette entre ses jambes. Plus tard, elle l'entend s'affairer dans la cuisine, l'eau coule du robinet.

Le fruit tient dans le creux de sa main. Ratatiné, bleuâtre. Dans le pot à confiture propre, à destination du réfrigérateur.

Une nouvelle serviette sous elle. À la fenêtre, une grisaille ténébreuse. Les yeux fixes. Sur sa hanche, la main de Bau. Celle qui avait tenu la chose.

Lorsque Bau, épuisé, s'est endormi, Dora s'écarte de lui et ramène la main près de son corps. Elle croise les siennes sur sa poitrine. Les doigts se massent mutuellement, les paumes se pressent l'une contre l'autre, s'incurvent vers l'extérieur, se préparent, puissantes et larges, à suivre la rotation des poignets. Blotties dans le creux de son cou, entre menton et poitrine, les mains de Dora reposent en lieu sûr.

Sous le fouet de la douche brûlante. Etrange que la glace intérieure ne fonde pas. Etrange que toute musique se soit tue dans sa tête : elle n'entend que le bruit de l'eau tombant sur la pierre.

Du poison est pris dans cette glace. Si une fusion se produit dans les entrailles de Dora, le venin sera libéré et tout s'embrasera. C'est sa faute, elle ne peut l'empêcher.

Aussitôt apparue, l'idée se dissipe.

Bau est assis sur une chaise près de la fenêtre. Il tient son visage dans ses mains. Ses larges épaules se soulèvent par saccades. Dora saisit ses vêtements et sort de la chambre.

Il lui demande si elle est assise confortablement, si cela va, si la voiture ne la secoue pas trop. Il passe le bras autour d'elle. Il l'embrasse. Non, non, non, pense Dora. Sa tête est immobile sur son cou. Au détour d'un virage, le paysage change. Enfin, elle aperçoit les portes du garage attenant au cabinet du docteur Van Beek.

Le docteur l'examine. Il pousse fortement son ventre vers le bas. Dora a les yeux fixés sur le tube TL. La tête du médecin, chaussée de lunettes, entre dans son champ de vision.

"Tu avais imaginé ça autrement, hein ! fifille ? C'est dommage pour vous, vraiment dommage."

Il pose sa main pendant un moment sur la joue froide.

Qu'est-ce qu'il veut dire par "autrement" ? Elle ne le comprend pas bien. Elle a l'impression d'avoir des bulles dans les oreilles. Elle entend tout mais ne saisit rien.

Elle se rhabille avec lenteur.

Assis au bureau, Bau et Van Beek parlent, on dirait une sorte de grondement.

"Non, ce n'est pas un mongolisme classique. C'est une translocation. Il y a des années, un de nos anciens assistants a établi les caryotypes des mongoliens plus âgés. Et aussi ceux de leurs parents encore en vie.

— Donc, tu sais qui est le porteur ?

— La mère était saine. Le père n'était jamais disponible, ou le projet d'étude s'est arrêté avant qu'on arrive à lui. Je ne sais pas.

— Il y a toutes les chances que ta femme soit porteuse, donc. Cela signifie qu'on fera une ponction, la prochaine fois."

Porteuse, pense Dora. Le malheur dans mes cellules, je le savais.

"Nous ferons un nouvel essai. Quand tu seras rétablie."

L'haleine de Bau est brûlante à son oreille. Que veut-il dire ? Rétablie. Un nouvel essai. Poison.

"Nous avons encore toute la vie, ça viendra bien !"

Je n'ai rien, pense Dora. Qu'est-ce qu'il raconte ? Il ne s'agit pas de moi.

Le matin, ils prennent le petit déjeuner, en silence, dans la cuisine. Pilules de fer. Suppléments de vitamines.

Bau part pour le Reehof. La sonnerie retentit. Dora reste assise. Nouvelle sonnerie. Le tintement résonne à ses oreilles. La sonnette, pense Dora. Sonnette. Le visage de Joyce apparaît à la fenêtre. Elle lui fait signe. Elle indique de la main la porte de la cuisine. Les arbres du jardin se balancent au vent. Joyce fait du café. Elle a laissé son bébé à la maison et n'en dit rien de plus. Pourtant, Dora ne pense qu'à lui. Tout ce que Joyce dit se noie dans des pleurs de nourrisson. La bouche de Joyce tremble. Son pull porte des taches de lait séché et de bave. C'est terrible, dit-elle. Que Dora se sente patraque et inutile, bonne à rien, encombrante. Oui, oui. Dora acquiesce. Qu'elle s'en aille. Joyce, Joyce, au secours.

Joyce remet son manteau. Dans le hall, elle regarde Dora profondément dans les yeux. Elle indique la porte du bureau. "Maintenant, tu te laves les mains et tu joues. Et ainsi chaque jour, dorénavant. N'importe quoi. Jouer."

Elle embrasse Dora et lui caresse légèrement les mains.

Bau rentre dans une maison sombre. Du bureau parviennent des passages de Mozart, lents et maîtrisés. Il y a des tasses à moitié vides sur la table de la cuisine. Il s'assied sans enlever son manteau, sa mallette sur les genoux. Il frissonne.

*

* *

Le régisseur d'orchestre, agité de mouvements nerveux, fait les cent pas sur l'estrade. Il tient une pile de partitions sous le bras et en pose une sur chaque pupitre. Il déplace des chaises et pousse du pied les planchettes des violoncellistes à leur emplacement exact. Le piano trône, brillant. Le couvercle en a été enlevé.

"Madame Dirique, bienvenue ! Je ne vous attendais pas si tôt ! Tout est prêt, vous voulez répéter ?"

Il prend le manteau de Dora, fait un geste en direction du tabouret et frotte l'instrument.

Dora sent une onde de joie lui envahir l'estomac. Comment le piano va-t-il lui répondre, que va-t-elle pouvoir imposer aux cordes, jusqu'où iront ses possibilités ?

Des traits. Lignes mélodiques de basse en accords, en octaves. Un morceau de la partie lente, les doigts bien plats, beaucoup de chair sur l'ivoire. Le tabouret un peu plus bas. Les pédales. Une gamme chromatique sur toute l'étendue du clavier.

Les membres de l'orchestre entrent un à un. Des caisses de violons ouvertes occupent les fauteuils des premiers rangs de la salle. Des violonistes bavardent par petits groupes en frottant leur archet sur un bloc de résine. Un contrebassiste trimballe son énorme instrument en haut de l'escalier. Le premier violon serre la main de Dora et lui dit qu'il se réjouit à l'idée de la tournée. Une altiste au visage connu se joint à eux.

"Nous avons déjà joué ensemble, dit-elle. À l'Avenir, vous vous rappelez ? Avec Lucas Lansingh."

Elle a une tête de cheval. Pas de visage au-dessus d'un si grand alto. Dora a oublié son nom. Elle voudrait commencer à jouer.

Samuel Silberman monte sur la scène par le côté. Dora le reconnaît grâce aux photos des journaux. Il est plus petit qu'elle ne le pensait. Plus âgé aussi. Le dos droit comme un *i*, le vieux chef d'orchestre se dirige vers elle. Il tient dans la main gauche le bâtonnet blanc pointu. Cheveux raides foncés, petits yeux, gestes mesurés. Aucune expression ne se lit sur le visage lisse.

"Aujourd'hui, le 488, dit-il. On joue de bout en bout en vérifiant les tempos et la balance des sons. Demain, Beethoven. Vous arrivez à vous y retrouver ?" Dora fait un signe affirmatif. Silberman monte sur l'estrade et se dirige vers l'orchestre. Il présente Dora et les musiciens simulent des applaudissements en frappant de leurs archets sur les pupitres. Silence. L'introduction d'orchestre. Après quelques mesures, il interrompt les musiciens d'un petit coup de baguette.

"Mesdames et messieurs, ceci n'est pas un morceau joyeux." Reprise. Dora fait une profonde inspiration. Il a compris. Ce n'est pas un morceau joyeux. Le chef lui lance un regard interrogateur. Dora fait un signe de tête pour confirmer que le tempo est bon. Puis elle attend calmement les deux accords étourdissants qui concluent l'introduction orchestrale.

Elle laisse s'épanouir la mélodie épurée et maintient les fioritures dans le carcan étroit de la partie basse. Dora fait apparaître comme par enchantement, aux oreilles stupéfaites des musiciens, un paysage de guerre, de désolation, d'impuissance, de destruction. Sans honte, elle révèle les fondations du concerto.

Elle joue le deuxième mouvement posément, avec une extrême maîtrise, presque impassible. Les instruments à vent la suivent et les cordes retiennent leur souffle. Le rondo suit quasi sans interruption. Pas gai, pas joyeux. Impitoyablement, elle y met des accents de supplication ; avec rigueur, la basse conduit à la conclusion. Après l'accord final, un silence embarrassé plane sur l'orchestre.

"Pause", dit Silberman.

Maintenant, Dora et le vieil homme se regardent. Les yeux de ce dernier se sont assombris et sont devenus plus expressifs. Les musiciens descendent bruyamment de l'estrade. Dora sent tout à coup l'effet de la tournée dans son dos, ses muscles fatigués, sa tête prise de vertige.

Silberman prend sa main droite dans les siennes.

"Vous et moi n'avons pas besoin de nous parler. Votre interprétation m'a procuré un délicieux sentiment de tristesse. Je ne m'y attendais pas. Vous m'avez touché. Je vous remercie."

Dora est couchée à côté de Bau, éveillée. Mozart bouillonne dans sa tête. Des bribes de pensée repoussent parfois la musique. Comment ils la voient, c'est ce à quoi songe Dora. Bau la voudrait triste, ne demandant qu'à être sauvée. Van Beek s'imaginait qu'elle souhaitait voir grossir son ventre. Silberman se sent proche d'elle. Lorsque, après la répétition, ils allaient manger un morceau ensemble, il répandait du sel sur la table entre leurs assiettes. Il souriait. C'est une tricheuse, car elle ne lui ressemble pas, elle ne veut pas de ventre et elle n'est pas triste. Ils la font mentir. Elle ne peut faire que ce que Mozart a écrit. De cela, elle est certaine. La lumière du soleil sur une terre dévastée. Elle ira en voyage, elle jouera. Elle part.

## 23

La lettre se trouvait sur la table de la cuisine. Une feuille de papier blanc crème pliée en trois, dont la partie inférieure s'enroulait frivolement vers le haut. Des traits à l'encre bleue, un message, un nom. Le facteur apporte toujours des requêtes et des mandats, il couvre le monde d'un tissu d'exigences, sans épargner personne. Dora avait jeté le papier sur la table et ne voulait pas s'asseoir. Elle préférait aller admirer les montagnes. Pour ne pas être chez elle au cas où le téléphone sonnerait. Le facteur est-il parfois porteur de cadeaux, de sentiments désintéressés, d'enveloppes pleines de surprises ? Certaines personnes aiment recevoir des nouvelles d'un être cher qu'elles n'ont plus vu depuis des décennies. Ah bon ? Elle, non.

Résolue, elle sortit et contourna la maison pour se rendre au cimetière. Derrière l'église, une ouverture pratiquée dans le mur donnait accès à un domaine sauvage, un plateau couvert d'une maigre végétation et découpé par un réseau d'étroits sentiers.

Dora fit un petit tour, puis s'assit sur une pierre. Elle regarda, en face, les sommets enneigés. Dans la vallée, planait encore une légère couverture de brouillard matinal. Elle aperçut les bâtiments gris d'Ax, dans le lointain. Peut-être était-il là-bas, peut-être marchait-il par ces ruelles ou avait-il gravi une colline, comme elle maintenant. Plus de trente ans auparavant, il la conduisit à l'aéroport. Silencieux, la bouche pincée en un trait furieux. Elle avait encore des pertes sanguines, séquelles de la fausse couche. Elle ne pouvait penser. Encore moins prononcer des paroles sensées. Quelque chose avait irrémédiablement changé. Que la vie merveilleuse avec lui ait pris fin lui était un soulagement, bien qu'elle ne sût pas comment c'était possible. Tout était effrayant. Il la suivit du regard lorsqu'elle entra dans le hall de départ. Elle se retourna et poursuivit son chemin.

Un vélomoteur, conduit par un homme au casque orange, gravit le petit sentier menant au village. Dora suivit sa lente progression, observa qu'il freinait avant les virages, disparaissait sous les cimes inclinées des arbres et resurgissait, accompagné de la pétarade de plus en plus sonore de son moteur. Dans les parties les plus pentues du chemin, il mettait pied à terre et marchait un moment à côté de sa machine.

Dora rentra chez elle. Lorsqu'elle arriva, le vélomoteur se trouvait sur un support devant sa porte. Le cyclomotoriste sortit la main d'une énorme moufle de cuir pour la saluer. L'accordeur de piano. Dans le hall, il tapota des pieds sur les dalles. Il portait un long manteau de cuir. Dora le regarda détacher son casque, poser ses moufles sur une chaise et commencer à défaire lentement une série de boutons récalcitrants.

Devait-elle prendre ce manteau ? Il n'avait qu'à le pendre lui-même. Une bouffée d'odeur de transpiration. Habillé bien trop chaudement. Allons, du calme, tout à l'heure, il sera assis en haut.

Il voulut se rendre aux toilettes. La boîte à outils se trouvait au milieu du couloir, abandonnée. Un gargouillement se fit entendre derrière la porte. Dora restait debout, indécise. Monter ? Puis redescendre pour venir le chercher ? Ou lui crier maintenant de venir ?

Elle gravit l'escalier et appela l'accordeur lorsqu'il réapparut. L'homme la suivit en soupirant. Une couronne de mèches blondes marquait la base de son crâne dégarni. À la porte de la pièce au balcon, il s'arrêta. Il mit ses mains rougies aux hanches et jeta un regard circulaire. Il fixa la bibliothèque, le panorama, les meubles et le bureau.

"Voilà le piano", dit Dora, désignant l'immense instrument noir devant lequel ils se trouvaient. L'accordeur regarda de côté d'un air agacé et commença à déballer ses outils. D'une voix forte et rauque, il se plaignit des inconvénients de son métier. Les voyages fatigants, les pianos dont on ne prenait pas soin, les exigences impossibles de ses clients, qui le harcelaient, en plus.

Il souleva le porte-musique qu'il posa sur le sol et retira les fixations. En gémissant, il se pencha vers les pédales et frotta d'un doigt les câbles d'acier. Dora s'éclipsa dans la cuisine dont elle ferma la porte.

La lettre se trouvait toujours sur la table. Elle s'assit et attendit que les sons familiers commencent à retentir dans la pièce au piano, quartes, quintes, montant chaque fois d'un demi-ton. Parfois, c'était silencieux. L'accordeur était alors, sans nul doute, plongé dans la liste de numéros posée à côté du téléphone. Ou il lisait attentivement sa dernière déclaration fiscale et inspectait le courrier des mois précédents.

Elle se leva, ouvrit silencieusement la porte de la cuisine et la referma violemment. Immédiatement une quinte retentit.

Peut-être n'est-ce pas si grave que les gens veuillent en savoir plus sur vous, attendent quelque chose de vous. Qu'ils s'imposent dans votre boîte aux lettres, dans votre maison et dans votre tête avec leurs exigences et leurs opinions. Ce n'est grave que si vous vous en souciez, si vous pensez que vous devez aller à leur rencontre, leur répondre et accéder à leurs attentes. C'est ainsi que l'accordeur de piano ne reçut pas de thé et que Dora lut implacablement jusqu'à ce qu'il ait terminé. Les heures s'écoulent.

Il voulut montrer ce qu'il avait réalisé et fit éclater des arpèges sur toute la longueur du clavier. Dora trouva que le son était dur. Elle décida de n'en rien dire du tout. Le principal était de le voir descendre, enfiler son manteau raide et sortir. Avec les gants, le casque et la boîte à outils en prime. Entendre le vélomoteur s'en aller en crachotant. Mais d'abord, elle devait écouter. Elle fit un bref commentaire favorable et signa la facture. Pour la prochaine fois, elle appellerait elle-même. Elle ne devait pas utiliser la pédale de gauche, dit l'homme à la voix rauque, sinon elle abîmerait le feutre. Elle devait garder les rideaux fermés, enduire de graphite les câbles des pédales, nettoyer les touches avec de l'alcool éthylique, mais pas les noires, jamais les noires. Passer l'aspirateur à l'intérieur du piano une fois par semaine. Il travaillait comme un forcené et les clients gâchaient tout ce qu'il faisait, en un rien de temps, par paresse et mauvaise volonté.

Furieuse, Dora se balançait d'une jambe sur l'autre. Plus son irritation augmentait, plus l'accordeur était prolixe. La sonnerie du téléphone interrompit sa tirade. Même si c'était Bau qui avait appelé, cette fois, Dora aurait été contente. C'était la firme de pianos de Toulouse qui ordonnait à son ouvrier de se rendre immédiatement chez le client suivant, car son retard de cinq heures était excessif.

Bougonnant, l'accordeur rassembla ses affaires. Lorsqu'il fit enfin démarrer son vélomoteur, le jour déclinait à nouveau.

Dora ouvrit complètement toutes les fenêtres et alla se poster devant le miroir. Cheveux courts gris, parsemés de mèches noires. Agréables yeux sombres. Peau flottant tel un rideau autour d'os solides. Ils se tiendraient l'un en face de l'autre, le corps usé et la voix altérée. Avec des années et des années de souvenirs inconnus de l'autre. Avec des opinions étranges, non partagées sur les défauts et les erreurs de l'autre. Elle lui dirait qu'il l'avait étouffée et emprisonnée dans son amour. Il dirait qu'elle lui avait refusé un enfant et qu'elle était partie. Cela n'allait plus, il la dirigeait. Elle n'était pas à la hauteur, elle n'avait pas trouvé les mots.

Elle leva les épaules et se versa un verre de vin. Elle étendit les jambes devant elle et leva les bras au-dessus de sa tête. Les portes étaient fermées, l'intrus avait été chassé et, dans la chambre, trônait un piano parfaitement accordé.

# 24

Le visage pâle, les membres de l'orchestre attendent leurs bagages, près du tapis roulant. Il est six heures du matin et les tubes TL diffusent une lumière sans ombre. Des proches et amis se pressent derrière la paroi de verre du hall d'arrivée. Une petite fille, les paumes des mains et le nez écrasés contre la vitre, regarde devant elle de ses grands yeux fixes. Son père lui fait signe, se dirige vers elle, la caisse de son violon dans les bras, et arrive en riant tout près de la vitre. L'enfant regarde mais ne réagit pas.

Dora opine machinalement. Des gens, des pères partent et reviennent, ou ne reviennent pas. La perplexité est une réponse adéquate.

Silberman est resté à New York. Après le dernier concert, ils s'étaient installés dans de profonds fauteuils de cuir, dans le hall de l'hôtel. Le premier violon, ivre, partageait son siège avec une altiste qui, tout au long de la tournée, ne l'avait pas lâché d'une semelle. Les joueurs d'instruments à vent, restés debout, se désaltéraient à la bière. Silberman était assis sur le bord de son fauteuil, les genoux joints et les pieds posés à plat sur le sol. Il buvait de l'eau tout en regardant Dora. Elle avait posé son verre de vin suret par terre et aurait voulu lui dire que les concerts avaient été sa planche de salut, qu'il l'avait aidée, entourée et guidée comme un père avisé, qu'elle lui était reconnaissante. Mais quels termes choisir et comment arriver à les prononcer ? Elle garda le silence.

“À l’année prochaine à Tel-Aviv, avait dit Silberman. Je vous y invite pour le festival de mon orchestre de chambre. Je compte sur vous.”

Entraînées par le tapis, de lourdes valises défilent en bringuebalant. Les membres de l’orchestre s’embrassent, se tapent sur l’épaule, font de larges mouvements des bras. Ils entassent dans leurs voitures bagages, instruments et sacs de plastique remplis de chocolats et de boissons. Puis, longeant la douane, ils passent les portes de verre et étreignent leurs épouses, leurs enfants, leurs maris. Le premier violon embrasse l’altiste derrière une colonne. Quelques instants plus tard, Dora voit chacun d’eux enlacer son partenaire de la vie courante.

Dans leurs vêtements froissés, des souvenirs furtifs tout frais plein la tête et une aura d’odeur d’avion flottant autour d’eux, les voyageurs sont captés, un à un, par les proches qui les attendent : épouses au visage fâché et tendu, maris impatients et un enfant silencieux.

Dora soulève sa valise du tapis. Lentement, elle se dirige vers la sortie pour prendre un taxi.

Le décalage horaire l’empêche de dormir. Elle se retourne et se retourne dans le lit étroit. Étendue, recroquevillée, avec ou sans coussin. Elle se lève et descend. Elle s’assied à la table de la cuisine et regarde audehors où le ciel s’éclaircit lentement. Quelqu’un descend l’escalier. Emma.

“Ta porte était ouverte. Tu n’étais pas au lit. Comment vas-tu ? Tu as une petite mine, tu sais !

— C’est si bizarre. À nouveau, il fait presque jour. Qu’est-ce que je dois faire ?

— Si tu l’aimes, tu dois retourner”, dit Emma. Elle contemple ses mains croisées, agrippées à la table. “Un homme auquel tu tiens tant, et qui tient à toi, tu ne dois pas le laisser filer.” Emma soupire et garde un moment le silence.

Dora ne dit rien.

“Maintenant, tu es peut-être encore perturbée par la perte de ton bébé, risque Emma. Mais tu dois tout de même lui parler, quoi qu'il en soit. Tu peux loger ici pendant quelque temps, jusqu'à ce que tu sois à nouveau toi-même, mais, après, tu devras prendre une décision.”

Jusqu'à ce que je sois moi-même, pense Dora. Elle n'a jamais encore été elle-même. Si, quand elle joue, alors oui. C'est quoi, être soi-même ?...

Elle se frotte le visage. Tout a été tranché : le ventre, la vie avec Bau, sa propre image de maîtresse de maison. Pourtant, elle n'en éprouve aucun sentiment de perte. Plutôt la nécessité d'une mise en ordre. Si c'était le matin, elle pourrait aller jouer. Dans quatre semaines, elle partira pour l'Allemagne avec les *Variations* de Beethoven. Ses doigts lui démangent.

Le temps se met à voler, c'est le début d'un long tourbillon d'événements, de visages et de lieux sur lesquels Dora se laisse emporter. L'écoulement des années est balisé par la musique : le récital de l'intégrale des *Préludes* de Debussy, le programme Schönberg, la tournée du *Deuxième concerto* de Brahms.

Les robes noires, usées ou perdues, sont remplacées. Le vieux technicien du studio d'enregistrement décède et, la fois suivante, une jeune femme occupe sa place. Le docteur Van Beek l'examine une dernière fois, déclare que tout est en ordre et remet son cabinet. La maison qu'elle a habitée avec Bau est vendue et a subi une rénovation qui l'a rendue méconnaissable. Joyce collectionne les enfants et arrête de jouer du violon : une fois par an, équipées de sacs à dos et de vêtements de pluie, elles vont se promener ensemble pendant une semaine.

Après maintes conversations cahoteuses et pénibles, Dora s'embrouillant dans ses phrases et Bau y assistant avec un dos d'acier, ils décident de mettre fin à leur mariage. Bau quitte le Reehof et accepte une fonction dirigeante au ministère de la Santé. Il écrit à Dora pour lui annoncer son union avec Johanna. Les faire-part de naissance de ses enfants ne lui parviennent plus ; elle a déserté son carnet d'adresses. Elle n'aime pas beaucoup la compagnie des enfants, elle ne supporte plus de rendre visite de loin en loin à Frank et, lorsque le conservatoire lui propose une chaire de professeur spécialisé, elle refuse sans prendre le temps de la réflexion. Elle donne un seul enseignement magistral, pendant les mois d'été ; elle prête son nom au cours en échange d'un séjour à Salzbourg ou à Sienne, mais elle redoute la confrontation avec les élèves. Un enfant de vingt ans joue une sonate de Beethoven dans une petite salle, où des gens écoutent attentivement et attendent son commentaire. Tout à l'heure, elle devra parler ; dans quelques minutes, l'enfant la regardera, interrogateur, timide, curieux. Il fait très chaud, les portes sont ouvertes et, dans le promenoir du cloître, la lumière délimite avec précision l'ombre des colonnes. Dora transpire.

Tous les ans, en décembre, elle reçoit une carte de Samuel Silberman. Elle lui fait envoyer ses disques avec ses cordiales salutations mais a toujours décliné la tournée en Israël. De temps à autre, elle se produit en soliste avec l'orchestre de Silberman. L'impression chaleureuse de surprise se renouvelle chaque fois qu'après la répétition, il pose la main dans ses cheveux.

Elle est amoureuse pendant une tournée, une journée, une semaine, et toujours des musiciens les plus taciturnes. Quand c'est fini, la solitude lui est une consolation et un soulagement. Lucas est devenu célèbre en Amérique. Il est à la tête d'un grand orchestre symphonique et donne, avec Dora, une série de concerts rayonnants de passion. Tout comme autrefois, ils prolongent dans la chambre d'hôtel le discours érotique commencé sur la scène. Ils font l'amour de manière puérile, comme par jeu, avec l'assurance de reprendre, ensuite, chacun sa propre route. Dora ne l'interroge pas sur ses relations avec les hommes ; Lucas ne lui demande pas de s'attacher plus durablement. Epuisés, ils s'endorment côte à côte dans le grand lit. Quand le jour se lève, Dora est éveillée. Le sommeil lui devient un ennemi qui gagne du terrain chaque année. Il ouvre la porte de rêves auxquels elle ne peut s'habituer. Cela a commencé en sourdine, elle attribuait son malaise au lit étranger, à la chambre trop chauffée, à l'excès de vin pris après le concert. Les rêves ont continué à venir, d'abord de loin en loin, puis régulièrement, enfin tout le temps. Après quelques heures d'inconscience, Dora tombe sur la glace et des patineurs inattentifs lui sectionnent les doigts. Quelqu'un lui met de force un marteau dans une main et l'oblige à se broyer l'autre. Elle doit détacher les grosses cordes basses de son piano qui serviront à pendre, sous ses yeux, des personnes au visage blafard. En nage et haletante, elle se redresse d'un bond, allume la lumière, boit de l'eau et n'ose plus se recoucher. Elle prend l'habitude de se lever au milieu de la nuit. Elle s'assied dans un fauteuil et lit Bach.

"Ne te tracasse pas ainsi, dit Lucas. Il y a des remèdes pour ça. Va voir un médecin et demande-lui de te prescrire quelque chose !"

Dora a des cernes noirs sous les yeux et frissonne de fatigue. Elle prend le somnifère et tombe dans un coma sans rêves. Au réveil, elle n'a plus aucune conscience du passé. Elle reprend vie. Mais, lorsqu'elle se met au piano pour ses exercices matinaux, elle remarque que ses doigts ne lui obéissent plus. Ils semblent lourds et déconnectés les uns des autres. Ils trahissent les accords de coopération conclus et restent sourds aux ordres que Dora leur envoie. Elle ressent son corps comme un manteau mal taillé. Elle doit choisir entre la sérénité du sommeil et la maîtrise de ses mouvements. Elle range les pilules et renoue avec l'habitude de la lecture nocturne de partitions. Les heures de sommeil sont coincées entre deux terreurs familières : l'angoisse qui la sort, effrayée, d'un cauchemar et la peur du sommeil qui la réveille complètement, jusqu'à trois fois par nuit, avant qu'enfin elle s'assoupisse.

Elle voyage, elle étudie, elle joue. Elle a quarante ans. Elle fêtera son anniversaire chez Joyce, qui vit au sud de Londres avec son journaliste et ses enfants devenus grands. Avant ce séjour, Dora fait une tournée en Angleterre avec son programme Chopin. Après le dernier concert, elle trouve à l'hôtel un télégramme de Guido : "Emma gravement malade. Prière prendre contact."

# 25

Ça va se passer aujourd'hui, pensa Bau en s'éveillant. Il ne savait pas quoi. Faire ses paquets et rouler vers Barcelone, peut-être. Il commença par sortir tout le contenu de ses valises, puis soumit celles-ci à une remise en ordre. Les livres et les papiers sur le sol. Les chaussures aussi. Replier les chemises. De l'ordre.

Il alla prendre un café dans le hall de l'hôtel et jeta un coup d'œil, en bas, sur la ville. L'hôtelier, qui jouait avec son fils, s'adressa à Bau.

"Merveilleuse matinée, vous allez vous promener ? Ici, derrière, vous pouvez grimper sur la montagne. Le sentier vous conduit de l'autre côté de la crête. Magnifique panorama. Très sauvage. Vous arrivez dans l'autre vallée et, de là, le retour est facile."

Pourquoi pas, se dit Bau. Puisque je suis ici. La marche permet de réfléchir.

Il ne remarqua que cela lui plaisait qu'après avoir commencé l'escalade. Il traversa un tunnel de feuillage, grotte verte au sol couvert d'une herbe humide. Le soleil n'y parvenait pas. À mesure qu'il montait, il prenait mieux conscience de son corps. Ses mollets se tendaient. Ses poumons peinaient.

Le sentier longeait la crête et sa pente s'adoucissait. Là-haut, les arbres qui le flanquaient étaient plus petits et troués par le soleil de taches de lumière. Le chemin était devenu une large piste herbue courant entre les alpages bordés de murets de pierre moussus. Bau aperçut, çà et là, une étable ou une maison abandonnée. Il se laissait guider par le chemin lui-même. Des pensées lui traversaient la tête, qu'il ne maîtrisait pas. Les promenades qu'il faisait avec son père dans les dunes qui s'étendent derrière Wassenaar, en trottinant dans ses sandales ou ses hautes bottes pour pouvoir suivre les longues foulées. À l'orée du bois, commençait le domaine des champignons, enfouis dans l'herbe. Au printemps, son père lui indiquait les morilles au chapeau fendu ; en été, c'était le tour des chanterelles et l'automne apportait les cèpes en énormes ronds de sorcière. En hiver, il portait des chaussures noires bien cirées et son père fut enterré.

Lorsqu'il se promena, un jour, avec Dora dans ce même bois, il n'y avait plus aucune chanterelle à trouver, bien que ce fût la saison et que le temps fût idéalement chaud et humide. Imaginez-vous qu'il la rencontre soudain. Il se vit en face d'une femme aux cheveux gris et s'entendit tenir des propos maladroits. Comment vas-tu ? Que fais-tu ? Comment as-tu passé tout ce temps ? Regarder son dos voûté à la dérobée. Chercher dans ses yeux une lueur d'autrefois. Quelle misère. Plus de trente ans. Comment en était-il arrivé là ? Un jour, il avait rendu une visite professionnelle au Reehof en tant qu'inspecteur. Il n'y était plus venu depuis dix ans et déambulait, un peu mélancolique, à travers salles et couloirs. Les malades mentaux levaient le nez de leurs occupations et disaient en souriant : "Ah ! le docteur", puis poursuivaient leur repas ou leur puzzle. Bau était intrigué. Pourquoi n'étaient-ils pas contents de le revoir après tant d'années ? Ils se comportaient comme s'il était encore là la veille, comme s'il avait passé tout ce temps auprès d'eux.

Légèrement irrité, il avait pressé le pas. Près de la sortie du pavillon, l'aide de cuisine Gus attendait la charrette des repas.

"Docteur ! Vous étiez en vacances, sûrement ? Moi non, vous savez, je travaille !"

Le temps n'existe pas, constata Bau soudain. Dix ans, c'est une semaine, ici. Cela n'a aucune importance. Si on y entre, on y reste toujours. Il rit et serra la main de Gus.

Dans le mur longeant le sentier, on avait taillé un siège d'où on pouvait voir la vallée suivante. Bau s'assit et posa ses mains enflées sur la pierre froide.

À l'endroit où le sentier commençait à descendre, se dressait une maison aux murs faits de pierres gris ardoise superposées, ornés de boiseries sombres et percés de petites fenêtres. Un long jardin s'étendait parallèlement au chemin. Un homme était assis sous un arbre dans un fauteuil d'osier. Agé d'une soixantaine d'années, il avait le visage hâlé et serein et portait un pantalon de velours et une grosse chemise bleue. Un livre était ouvert sur la table, à côté de lui. Il y avait aussi une tasse de café. L'homme lisait un journal. Il leva la tête et regarda au-delà de la vallée.

Bau s'arrêta sur le sentier herbu. Un effluve de café lui parvint aux narines. Il entendit le froissement du journal, il entendit l'homme chantonner doucement et, un peu plus loin, le tintement des clochettes des moutons.

Plus de serviette, pensa Bau. Plus de rapports annuels, plus de réunions. Plus de stratégie, plus de projet. Plus de femmes aux chemisiers de soie portant un agenda aussi grand qu'une bible. Plus de honte d'être paresseux. Plus jamais cette pression permanente dans la tête, la voix qui crie : accroche-toi, garde la ligne, en avant !

Imaginez qu'il arrive chez elle et y reste. Elle a vendu son piano, elle prépare de la soupe dans une casserole orange. Avec des champignons qu'elle a cueillis elle-même dans le bois. Ils sont assis de chaque côté d'une table de bois blanc. Dans un jardin. Imaginez que c'est la paix. Imaginez que le temps se fige. Imaginez qu'il rentre comme chez lui et veuille y rester.

L'homme assis dans le fauteuil d'osier tourna la tête et l'aperçut. Il sourit, salua d'un geste de la main et reprit la lecture du journal.

# 26

Dora refuse le plateau-repas que lui tend l'hôtesse.

Par le hublot terni, elle regarde la mer où des bateaux grands comme son auriculaire avancent lentement, traçant des traits blancs aussitôt dissous dans la grisaille.

Elle est assise, les bras croisés et les mains sur ses épaules, la tête penchée et les jambes posées l'une sur l'autre. Le pilote a amorcé la descente. Ce serait merveilleux de dormir, mais elle n'y arrive pas. Elle se fera conduire à son appartement, posera ses bagages dans le couloir et repartira aussitôt. Guido l'attend.

Il fait des gaufres dans la cuisine familière. Il presse Dora contre son tablier, la fait asseoir à table et commence à parler. Très haut au-dessus du ventre rond, le visage amical plane dans les vapeurs de cuisson. L'épaisse chevelure grisonnante est trop longue. Il porte des pantoufles à carreaux.

"Nous sommes allés au cinéma, dit Guido, puis, au restaurant. Huîtres. C'est à cause des huîtres, dit le docteur. Mais moi, je n'ai rien ! Il y en avait sans doute une mauvaise dans le lot et Emma l'aura mangée. Elle en raffole tellement. Des huîtres d'Ierseke."

L'air désemparé, il regarde Dora en haussant les épaules. Il pose une assiette de gaufres devant elle.

"Avec de la confiture ? Faite moi-même. Du café ? Je suis heureux que tu sois venue. Je ne reconnais pas mon Emma. Elle devient si fougueuse, elle dit tout ce qui lui passe par la tête. Ce n'est plus un plaisir de lui rendre visite."

En la conduisant à l'hôpital en voiture, il parle encore. De la cuisine, de l'art du chant, des huîtres traîtresses. Dora regarde ses mains âgées posées sur le volant. Solides articulations, taches brunes sur la peau. Elle cligne fortement des yeux pour chasser la fatigue. Tout à l'heure, elle ne rentrera pas avec lui. Elle n'en a pas le courage. Vieil homme apeuré. Il ne peut pas l'apaiser. Le même hôpital. Qui dit que maman souhaite vraiment la voir à son chevet ? C'est lui, Guido, qui dit ça. Parce qu'il a peur. Elle décide de repartir le plus vite possible.

Des tabliers blancs pendent à la porte, du côté intérieur. Guido et Dora doivent les mettre. Ils s'exécutent maladroitement dans le sas. Il y a un lavabo où ils devront se laver les mains, tout à l'heure, après la visite. Dora aperçoit son visage dans le miroir : fatigué, tendu, vieux. Guido ouvre la deuxième porte et entre dans la chambre. Il serre un gros bouquet tel un étendard et le tend devant lui.

“Enlève ça, ça pue”, dit Emma. Elle est à demi assise dans le lit. Il fait sombre dans la chambre : pénombre nordique et aucune ampoule allumée. Guido actionne un interrupteur et Emma est éclairée par une lampe placée à moitié derrière sa tête. On dirait qu'elle revient des sports d'hiver, sa peau est brun orangé. Le visage et le cou ont maigri. Les yeux remuent de droite et de gauche. Dora prend les fleurs de Guido et les met dans le lavabo, derrière la porte. Lorsqu'elle revient, Emma est en larmes.

“Je me sens si malade, si mal fichue. Je veux partir d'ici, je suis seule toute la journée. Elles me laissent dans ma merde, ces stupides bonnes femmes !

— Mais maintenant, nous sommes venus, dit Guido, regarde, Dora est là !”

Emma vomit dans le bassinet qui se trouve sur la table, à côté de son lit. Dora ne veut pas voir cela. Elle s'adosse au mur et regarde fixement par la fenêtre.

“Dora ! Chérie !” Le ton de la voix d’Emma est joyeux. Elle frappe de son poing orange sur le lit. “Quelle joie que tu sois là ! Viens t’asseoir près de moi.”

Dora tire un tabouret de sous le lit.

“Je vais si bien, je pourrai sûrement rentrer très vite à la maison. Chez ce cher Guido. Et maintenant, te revoilà aussi. Tu as joué ? Tu dois tout me raconter !”

Dora n’arrive pas à parler. Elle voudrait caresser la main bizarrement colorée. Tout à coup, Emma éclate.

“Allez-vous-en. Qu’est-ce que j’ai à faire de vous, nom de Dieu ? Appelle la sœur. Enfoirés, emmerdeurs, allez-vous-en !

— Voyons, fifille”, dit Guido. Emma pleure dans ses bras. Dora s’est à nouveau écartée.

“Je viendrai demain dans la journée, dit-elle. Et Guido, le soir. C’est bien comme ça, ou c’est trop fatigant ?

— O ! trésor, comme c’est gentil. C’est merveilleux. Je m’en réjouis”, dit Emma les yeux remplis de larmes.

“Le docteur dit que c’est dû à la maladie, explique Guido dans la voiture. Elle est désinhibée, comme il dit. Elle est seulement un peu perturbée. Je vais te reconduire chez toi, tu dois être fatiguée.

— Elle est vraiment très malade, dit Dora. Comment ça va évoluer, est-ce que le docteur l’a dit ?”

Guido hausse les épaules. “Il dit qu’il faut attendre. Le foie est enflammé. Elle ne peut plus boire de vin. Je suis sûr que ça va aller mieux.”

Le lendemain, Emma est d’un orange éclatant. Le blanc de ses yeux a pris la couleur jaune du safran. Elle est couchée, sans forces, entre les draps, dans une sorte de demi-sommeil dont il est difficile de l’éveiller. Dora passe une demi-heure assise à côté du lit, parcourt le couloir à la recherche d’un médecin ou d’une infirmière et met son manteau pour repartir.

“Hé ! toi là ! Que fais-tu là ? dit Emma d’une voix cassée.

— Je suis là, maman.”

Soudain, sa mère sourit. “Dora, évidemment. Tu dois repartir, ma fille, je me sens malade aujourd’hui. J’ai toujours cette douleur. Je veux dormir. Je me sens si mal. Ce n’est pas possible ici. Un enfer. Vous devez m’emmener, je ne veux plus rester ici ! Je ne reçois même pas à manger normalement ! Tu devrais voir cette crasse que j’ai dans mon assiette !”

Emma s’est à moitié redressée, ses yeux jettent des flammes et elle crache en parlant. Dora sent son front brûlant, elle remet Emma dans ses coussins et la borde solidement. Emma ferme les yeux.

“Votre mère souffre d’une grave atrophie hépatique, dit le médecin. Nous surveillons son état, mais, sur le plan thérapeutique, nous ne pouvons pas faire grand-chose, hélas.”

C’est raté, pense Dora. Elle va se consumer comme un soleil orange. Je vais rester près d’elle jusqu’au bout sans poser de questions. Jusqu’à sa mort, sans encore savoir rien d’elle. D’ailleurs, qu’est-ce que je veux savoir ?

L’inquiétude lui ronge l’estomac. Elle mange mal et, la nuit, elle a encore plus de difficultés à dormir que d’habitude. Elle va à l’hôpital tous les jours. Il règne une odeur étrange dans la chambre de sa mère. Acétone ? Ammoniaque ? Non, une atmosphère de ferme, pense Dora, une odeur de grenier. Comme dans celui de Stina. Pisse de souris.

Elle regarde le corps et pense : bientôt, je n’aurai plus de mère. Pas de père. Pas de mari. Pas d’enfant. Pas de frère, ou si peu. Elle n’a personne, hormis cette ombre orange en train de mourir. Elle les repousse tous. Ou ce sont eux qui la rejettent. Elle constate que les yeux d’Emma se sont ouverts et murmure : “Maman ?”

Emma la regarde. Me reconnaît-elle vraiment ? Sait-elle encore qui elle est ? Se rappelle-t-elle encore sa vie ?

“Dora, qui s’occupe de Frank ?”

La voix d’Emma est lente et traînante.

“Frank est au Reehof. Il y est bien soigné. Et tante Ida va le voir tous les mois.

— Oh ! oui”, dit Emma. Elle soupire. Dora n’ose pas respirer profondément, tant est fétide l’odeur de malade qui l’assaille. Sur la table de nuit brille un bassinet de métal.

“Egbert était si bizarre avec Frank, souffle encore Emma. Je ne pouvais le supporter. Mon propre enfant.

— Papa ne me supportait pas.” Dora s’entend parler. Elle s’est redressée et jette sur sa mère un regard insistant.

“Qu’est-ce que tu racontes, dit Emma. Quelle sottise. C’était simplement un homme difficile.”

Elle doit tousser, cherche son souffle et tient un mouchoir devant sa bouche.

“Ce n’est pas une sottise. Il ne voulait jamais que je sois présente.

— Va-t’en. Je suis malade. Donne-moi ce bassin, je dois vomir ! Tu dis n’importe quoi.

— Non ! crie Dora. Au moment de sa mort, il n’a même pas voulu me voir ! Sa propre fille !!”

Soudain, les yeux jaune vif d’Emma s’ouvrent tout grands. Elle regarde fixement Dora, la bouche ouverte.

“Sa fille ! Ha !”

Le bassin lui glisse des mains et cliquette sur le sol. Acier sur pierre. La cuisine. Egbert agenouillé, un torchon dans les mains. Emma sanglotant, les bras sur la table, soutenant du regard celui de Dora, si intensément que celle-ci en était pétrifiée. Le bruit de l’acier sur la pierre.

La porte s’ouvre. Une infirmière entre en trombe et se met à redresser Emma.

“Qu’est-ce que tu veux dire ? demande Dora hors d’haleine.

— Vous devez cesser, dit la sœur, laissez-la tranquille maintenant !”

Dora saisit le visage de sa mère entre ses mains et l'oblige à l'écouter.

"Qu'est-ce que tu veux me dire ? Dis-le. Maintenant !"

Les yeux d'Emma se révulsent. On n'y voit plus que du jaune. Sa tête s'alourdit entre les mains de Dora. Le corps s'affaisse.

"Vous feriez vraiment mieux de partir, madame", dit l'infirmière. Les larmes aux yeux, Dora se lève.

Soutenue par la sœur, Emma se met à vomir abondamment.

À grands pas élastiques, Dora longe les couloirs de l'hôpital. Elle pousse du pied la porte pivotante, elle a hâte d'être à l'extérieur, dans la lumière et le vent. Arrivée dehors, elle prend ses jambes à son cou. Respirer profondément. Retirer une jambe devant la suivante. Vite. Il pleut doucement mais elle ne le remarque pas. Son cœur bat à tout rompre. Ce n'est que lorsqu'un point de côté l'oblige à ralentir qu'elle s'aperçoit qu'elle est en nage. Posé la bonne question. Reçu la seule réponse.

Elle arrive chez elle, trempée. Elle regarde avec étonnement le petit piano d'exercice, si vaillant dans la chambre, au milieu de piles de musiques. La stupide régularité du clavier l'agace. Elle claque le couvercle. *Poc*. Sans retirer son imperméable, elle s'assied dans le canapé. Allume la lumière. De sombres nuages sont suspendus devant la fenêtre. Les arbres sont luisants. Elle pousse de ses bras croisés sur son estomac. Lance ses chaussures. Frissonne. Regarde fixement devant elle. À l'intérieur, rien ne bouge. Lorsqu'elle est tranquillement assise, des images d'autrefois lui viennent : Egbert à côté de Frankie sur le sol, faisant patiemment aller et venir la balle en veillant toujours à la freiner avant qu'elle ne touche l'enfant craintif. Elle-même tenant la main d'Emma, sautillant d'excitation dans la rue, en route pour la première vraie leçon de piano. La pièce de M. De Léon et ses deux instruments. La cour intérieure et sa porte de bois derrière laquelle des pas résonnent.

Cette nuit-là, Dora ne dort pas du tout. Elle est assise bien droite dans le canapé ou parcourt la chambre de long en large dans son imperméable humide. Elle remue les lèvres. Elle marmonne des paroles. Père, père, essaie-t-elle, j'ai un père. Le sentiment agréable pâlit et se perd sous une masse de questions. Pourquoi Emma n'a-t-elle jamais rien dit, ni à la mort d'Egbert, ni au déclenchement de la guerre, ni à la naissance de Frank ? Pourquoi n'a-t-elle pas quitté Egbert, quand on aime un autre homme, on peut pourtant divorcer ? Ou aimait-elle déjà Max avant de se marier ? Grand-père et grand-mère ont-ils dit : ce pianiste, ce garçon juif, tu ne dois pas le fréquenter ? Emma s'est-elle laissé imposer le mariage avec un juriste présentable ? Egbert savait-il ?

Ils ont fait l'amour ensemble pendant les répétitions, Emma est devenue enceinte, elle a été engendrée à côté du piano. Ou n'est-ce pas ça ? Aurait-elle eu une vie plus belle ? Sans cela ?

Elle marche dans la chambre en tapant des pieds. Elle veut absolument savoir, elle ne partira pas avant.

Elle a reçu une valise de partitions, il lui a laissé des indications de doigté.

Pendant des années, elle est allée toutes les semaines chez lui ! Il posait la main sur sa tête et ne parlait que de Bach.

Ou est-elle en train de se tromper elle-même ?

Dehors, le jour se lève. Dora enlève enfin son manteau et se fait du café. Sa marche forcée lui a donné des douleurs musculaires aux jambes. Elle a en tête une liste de questions qu'elle emmènera avec détermination au chevet de sa mère. Elle est décidée à se battre pour obtenir les réponses. Elle va demander des explications à Emma, elle veut dresser un plan rétroactif de sa vie et exige, pour ce faire, l'aide de la femme qui l'a trahie en gardant le silence.

Les cheveux d'un jaune vif sont répandus sur le coussin comme une couronne rayonnante. On a introduit, dans le dos amaigri de la main, une aiguille de perfusion à laquelle l'infirmière fixe un tuyau qu'elle surveille ensuite pour s'assurer de l'écoulement du liquide. Dora se fige sur le seuil. La sœur, occupée à suspendre le sac contenant le produit, tourne brusquement la tête vers la porte et sursaute.

"Votre mère est tombée dans le coma, cette nuit. J'allais justement vous appeler."

Les yeux d'Emma sont fermés, les cils gisent comme une mousse pâle sur ses joues. Dora fait un signe de tête en disant que ça ne fait rien, qu'elle va prévenir Guido. Elle est prise d'une fatigue paralysante et se laisse tomber lentement sur une chaise placée contre le mur. L'attente commence.

Emma meurt après trois jours sans être sortie de son évanouissement ocre.

# 27

Dora, debout près de l'évier, regardait le cimetière. Elle avait rempli le bassin à vaisselle d'eau chaude et remuait lentement les mains et les poignets dans la lessive. La lumière précise du soleil déclinant passait sur les pierres tombales, mettant en évidence les noms des défunts.

Manger. Une assiette de salade, fromage et tomates. Elle se sécha les mains et prit dans le réfrigérateur ce dont elle avait envie. L'assiette à la main et un morceau de pain sous le bras, elle alla sur le balcon. Elle tourna sa chaise de façon à voir la vallée sur toute sa longueur ainsi que la chaîne de montagnes qui s'étirait dans le fond. Elle posa les jambes sur un petit tabouret et se laissa aller en arrière, son verre à la main. Entre la couche de nuages gris sombre qui couvrait le ciel et le bord dentelé des montagnes, le soleil avait le champ libre. Goûtant les derniers moments de chaleur du jour, Dora fixait l'énorme disque orange qui commençait à décliner à l'extrémité de la vallée. La lumière rayonnait de teintes roses et violettes. Le sommet des montagnes baignait dans la clarté ; dans la vallée, déjà gagnée par l'obscurité, les contours des arbres et des fermes se dissipaient. Au coucher du soleil, on constatait que la chaîne montagneuse ne marquait pas le bout du monde et, grâce à l'éclairement, on devinait, derrière, l'existence d'autres terres. Lignes nettes. Clarté.

Dora soupira. La clarté ne lui était pas d'une grande utilité. En musique, elle était terriblement surestimée. Avec une clarté limpide, le pianiste a planté le thème, lisait-on dans les critiques. Mais qu'est-ce que cela vous apportait si ce thème ne se détachait pas sur un fond sombre ? La clarté était peu coûteuse, facile et trompeuse. Elle masquait l'opacité mystérieuse qui enveloppait le cœur de toute musique. On ne savait pas ce qu'on entendait, n'est-ce pas ? On devait donc donner cette impression aussi quand on jouait. C'était ainsi. Schubert, clair ? Brahms ? Les maniaques de la clarté vous faisaient croire à une fausse simplicité. Ecoutez donc, les choses qui se passent sont si logiques et si claires. Rien n'est énigmatique, tout peut être suivi sans difficulté du début à la fin. Un mensonge. Comme si on ne devait pas chercher, comme si on ne devait pas entrer à tâtons dans une composition, prêt à errer en tous sens, sans trop s'émouvoir de trouver une signification aux endroits les plus inattendus. Une interprétation n'était pourtant pas une expression éternellement immuable ? Il arrivait bien que l'édifice de signification érigé avec satisfaction pendant des années vacille soudain et s'effondre ? Derrière les *Variations Goldberg*, se trouvaient des *Variations Goldberg* et ainsi de suite !

Et la clarté n'était-elle pas une concession faite à l'auditeur ? Jouer pour ce dernier est trop dangereux, se dit Dora. On songe à lui faire des tours de magie, on cherche à l'influencer, à le manipuler, à le capturer et à l'enchaîner. Toujours emphase et arrogance. Il est déjà assez difficile de discuter avec le compositeur, de s'entendre avec les touches et la mécanique de l'instrument. L'auditeur n'a rien à y voir. On peut l'ignorer.

Elle mangea du pain et du fromage et piqua de la fourchette dans la salade. Le soleil disparut étonnamment vite derrière les montagnes.

Dora se leva et s'essuya les mains à sa jupe. Elle se tourna et vit, dans la chambre sombre, le piano qui l'attendait, le bec grand ouvert. Elle entra et alluma la lampe. Elle laissa les portes ouvertes, bientôt arriverait la fraîcheur du soir. Qu'elle avait l'air désemparé, la bête silencieuse. Il était temps qu'elles se parlent toutes deux. Tous les combattants avaient été abattus ou avaient disparu, du champ de bataille ne subsistait que cette petite piste. Elle se dirigea vers l'instrument.

"Et maintenant, à nous deux, Bösendorfer !"

# 28

Le chemin menant à la salle du crématorium est plein de voitures parquées en dépit du bon sens. Des cailloux détachés du sentier sautent sous les pas de Dora et atterrissent dans ses chaussures, qu'elle vide près de l'entrée, le dos courbé. Des personnes corpulentes aux coiffures apprêtées, portant un châle aux couleurs vives sur une tenue noire, défilent. Bouffées de parfum. Chanteurs.

Tante Ida a maigri. Sa fille Suze est là également, elle serre gauchement la main de Dora et lui présente ses quatre grands enfants. Suze elle-même est grande aussi, son visage potelé est entouré de cheveux gris bouclés. Ils vont tous s'asseoir au premier rang, Guido, désemparé, entre Dora et Ida.

Dans ce cercueil, pense Dora. Elle gît là, devenue jaune grisâtre sous l'effet de tous ses secrets. Tout à l'heure, elle sera brûlée. Tout à l'heure, elle descendra, accompagnée du bouquet de roses rouges de Guido posé sur le couvercle.

Dora pousse fermement les talons sur le sol et serre fortement les poings. Elle regarde fixement par la large fenêtre, derrière le cercueil. Un parc d'urnes et de pierres. Dans le lointain, un homme coiffé d'un bonnet pousse une brouette.

Quelle stupide musique à l'arrière-plan. Une aria de Bach au texte ridicule, *Ich habe genug* ou *Es ist vollbracht*, accompagné à l'orgue Hammond. Le son est très faible, on comprend à peine les paroles. Ils devraient passer la *Fledermaus* : *Glücklich ist… wer vergisst… was doch nicht zu ändern ist*. C'est l'air favori d'Emma, cette musique devrait emplir la salle de ses sonorités éclatantes.

Allocutions. Un membre de la troupe d'opérette. Une élève à la voix profonde et agréable. Ils disent de jolies choses. Puis tante Ida s'avance. L'imperméable loqueteux pend lamentablement autour de son long corps bien droit. Tante Ida dit la vérité, elle parle de la guerre, de la naissance d'un enfant handicapé et de la mort d'Egbert. "Dora et ses dons musicaux ont toujours été un grand réconfort pour ma sœur", dit-elle.

Dora tressaille. La vérité, mais pas toute la vérité. Elle serre rageusement les poings. Ida poursuit en évoquant les dernières années d'Emma, le bonheur qu'elle a connu avec Guido, la joie de reprendre sa carrière de chanteuse. Les larmes inondent le visage de Guido lorsqu'il remercie les personnes présentes de leurs marques de sympathie. La musique stupide retentit à nouveau. Le cercueil descend.

"Tu dois bien te dire que c'était une époque toute différente, dit tante Ida. Il était normal que les filles fassent ce que leurs parents leur disaient."

Dora écoute. Elle a mal à la gorge. Dans la salle, elle avait la sensation d'avoir le gosier verrouillé. Maintenant, en se promenant avec sa tante dans le parc du columbarium, elle éprouve, à chaque fois qu'elle pose une question, une sensation intérieure d'irritation et de rougeur.

"Max De Léon. Rien que le nom, déjà! Papa et maman trouvaient que les choses prenaient un tour dangereux. Il l'encourageait à se produire sur scène. Les parents ne voyaient pas ça d'un bon œil, tu sais. Et Emma était si terriblement amoureuse de lui. C'était la cause de disputes à la maison. Des promesses de ne plus le revoir. Elle le faisait cependant, ce qui provoquait une nouvelle scène. Ils ont voulu envoyer Emma étudier à Vienne. Cela ne s'est pas fait, pour des raisons politiques, je pense. Un jour, il a disparu, pour longtemps, plus d'un an, pour autant que je me souvienne. Peut-être devait-il travailler à l'étranger, je ne sais plus. Mais, entre-temps, Egbert est entré en scène. Il était fou d'Emma depuis des années et il saisit sa chance. Ses parents étaient des amis de papa et maman."

Son récit a coloré le visage d'Ida. Les phrases coulent spontanément, elle veut les lâcher, ça doit sortir. Bras dessus bras dessous, les deux femmes font et refont le même petit tour.

"Un mariage eut lieu. Si Emma ne l'avait vraiment pas voulu, il ne se serait pas fait. Je crois qu'elle a finalement choisi la sécurité. Elle n'en parlait pas. Un jour, Max est revenu. J'habitais déjà à Montfort, nous ne nous voyions pas souvent. Je pensais bien qu'elle avait une liaison avec lui, mais elle ne me l'a jamais dit clairement. Elle ne savait pas bien où elle en était. Elle ne voulait pas faire de peine à Egbert. Tu es née. Personne ne dit rien, c'était le plus simple. C'était comme ça, à l'époque."

Soudain, Dora a terriblement envie de voir finir cette conversation. Ses épaules, son dos et ses jambes sont douloureux. Elle veut rentrer chez elle pour se glisser sous un maximum de couvertures.

Après quelques jours, Dora appelle Guido, qui se remet chez sa sœur, à Amsterdam, et lui demande la permission d'examiner les papiers d'Emma. Malgré son chagrin, il parle d'une voix amicale et attentionnée. Elle doit continuer à bien manger, dit-il, et prendre un petit cognac, le soir, pour dormir. Ne pas se tracasser !

Dora met la maison sens dessus dessous puis range à nouveau le tout. Le petit bureau de la pièce de musique, l'armoire à partitions, la garde-robe, les tiroirs aux sous-vêtements, les valises et cartons rangés dans la soupente – elle inspecte tout et ne trouve rien. Max, comme Egbert, est sorti de la vie d'Emma.

Le lendemain, Dora a des douleurs musculaires dans tout le corps. Sur le piano, sont posées les épaisses partitions des *Variations* de Brahms qu'elle va enregistrer, le mois prochain, en Allemagne. Elle ouvre le couvercle, s'avance pour s'asseoir, mais constate qu'elle n'en a pas envie. Ses mains lui font mal dès qu'elle pense à jouer du piano. C'est parce que j'ai trimballé le bazar d'Emma, pense-t-elle. Et elle n'a pas encore la tête à étudier. Il suffit qu'elle prenne quelques jours de repos.

Si la douleur subsiste, je la ferai partir en jouant, pense Dora. Elle fait ses exercices habituels et essaie de s'abandonner à Brahms. Les articulations des pouces continuent à être le siège de démangeaisons assommantes.

Après les enregistrements, elle prend des vacances et se promène avec Joyce dans des paysages anglais vallonnés. Tous les matins, elle passe une demi-heure dans un bain brûlant pour éliminer la raideur de la nuit. À l'idée de concerts et de tournées, elle est envahie d'une légère répugnance à laquelle elle peut à peine croire. Elle continue à jouer.

À chaque automne, ses douleurs empirent. Chaque été apporte le soulagement. Elle ne trouve plus dans le piano autant de plénitude et d'apaisement qu'autrefois et elle attribue cette situation à la peine qu'il lui en coûte et à la douleur qu'elle doit surmonter. En cinq années pénibles, elle ne retrouve la joie et la souplesse d'autrefois qu'au cours d'un seul mois de février. C'est en Israël, lors d'une tournée avec le vieux Silberman et son orchestre de chambre. Les articulations semblent avoir fondu, les croisements de mains sont bien huilés et la musique vient sous ses doigts telle qu'elle l'a voulue. Elle se sent bien accueillie dans le pays étranger où elle jouit de l'air sec et du soleil généreux.

Rentrée à la maison, elle est à nouveau assaillie par la fatigue. Elle reste au lit jusqu'à midi sans dormir. Elle n'a de goût pour rien. Les articulations des poignets et des doigts semblent remplies de petits cristaux pointus qui piquent et brûlent encore plus quand elle joue. Elle ne peut plus tendre la paume sans hurler de douleur.

"Arthrite rhumatoïde." Le médecin marmonne *in petto* tout en rédigeant une prescription. "Il vous faut un repos absolu. Maintenant.

— C'est impossible, dit Dora. Je vais en Italie dans trois semaines. Et parfois, cela ne me cause aucun ennui, comme quand j'étais en Israël. Je ne suis pas malade."

Le médecin la regarde. Il est plus jeune que moi, pense Dora. Il sait ce qui ne va pas chez moi. Il a raison.

"Repos, analgésiques et quelque chose pour combattre l'inflammation. Voilà pour commencer. Je crains que vous ne deviez renoncer à votre tournée. Vous finirez dans un fauteuil roulant si nous n'intervenons pas dans le processus. Vous l'avez négligé pendant des années."

Dora s'appuie au dossier de la chaise. Repos. Elle écoute. Le docteur évoque le stress, la fièvre, l'humidité et le froid. Il parle de conditions climatiques salutaires et néfastes, de bains thermaux et d'injections d'or.

J'arrête, se dit Dora. Elle a joué toute sa vie, ça suffit. Elle abandonne le piano ici et va vivre en montagne, au soleil. Assez.

Ses doigts raides sont crispés sur le volant de la voiture. Elle devrait pleurer, pense-t-elle, sa carrière est finie, tout cela n'a servi à rien, le déclin a commencé. Mais elle se sent bien. En quel endroit du monde va-t-elle s'installer ? Elle a le choix. Elle n'a plus aucune obligation. Ne plus demander, ni supplier, ni extorquer. À partir de maintenant, elle seule *existera* encore.

## 29

Le jour commençait à tomber quand Bau rentra à l'hôtel. Il avait soif, il était mort de fatigue et avait les jambes molles. Sur la terrasse, un serveur dressait les tables pour le dîner. Machinalement, Bau gagna sa chambre pour se laver. Ce n'est qu'en enfilant ses vêtements propres qu'il se rappela tout à coup qu'il devait partir. Il rassembla ses affaires de toilette, ficha la tenue de promenade imprégnée de sueur dans un sac de plastique et boucla sa valise. Lorsqu'il descendit l'escalier en trombe, l'hôtelier le regarda avec étonnement.

"Vous partez déjà ? Mais le dîner ! Vous avez payé !

— Je regrette, dit Bau, je dois partir inopinément, il s'est passé quelque chose entre-temps, ne m'en veuillez pas. Cet hôtel est parfait, je vous assure."

Il ouvrit le toit tout en roulant. L'air frais du soir eut un effet calmant, tout comme la vitesse à laquelle il quitta la petite ville. Je roule jusqu'à la côte, quelle que soit la distance ? Ou je dors quelque part le long de l'autoroute, et pas dans un village de conte de fées comme celui-ci. Au congrès, maintenant. Lire des articles, se réunir, appeler Johanna. Fini de marcher dans des rues où les vapeurs de soufre montent soudain et vous enveloppent. Fini de battre le pavé, patraque, à la recherche du passé. Il tenait légèrement la partie inférieure du volant. Ses épaules se détendirent. Il fredonna un petit air. Le moteur chantait.

À la sortie menant au village, il gravit la route de montagne. Les manœuvres exigées par les virages en épingle à cheveux l'empêchaient de réfléchir. Soudain, il se trouva sur une petite place, devant un hôtel délabré. Jetons un coup d'œil, se dit-il, allons voir où elle habite, sans plus. Il gara la voiture à côté de l'hôtel et entra. Cela sentait la soupe. Une solide femme en tablier lui demanda amicalement s'il voulait manger. Il s'assit à une table recouverte d'une nappe à carreaux rouges et blancs et se sentit soudain une immense faim. La femme lui servit du vin dans un verre à eau, du potage aux poireaux et du lapin à l'étuvée accompagné de haricots verts. Bau mangea tout.

De derrière le comptoir, la femme lui demanda si le repas lui avait plu. Il n'y avait pas d'autres clients. Bau s'appuya au dossier et laissa la conversation suivre son cours. Elle cuisinait toujours elle-même, dit-elle, depuis trente-cinq ans. Non, il ne venait pas grand monde ici. Un seul touriste qui ne voulait pas descendre. Ou les amoureux de la nature qui se promenaient dans les montagnes. Des habitants du village ? Ils ne mangeaient pas ici, tout au plus une seule fois, le jour de la fête. Les jeunes n'habitaient plus beaucoup ici, il avait raison. Ils allaient travailler à Toulouse et revenaient deux fois par an, dans une grosse voiture chargée de valises pleines de vêtements. Les maisons étaient vendues, parfois à un étranger, oui. Une femme, une pianiste ? Oh ! elle, avec ses gants. Oui, bien sûr, elle la connaissait bien, depuis des années. C'est tout près d'ici, la maison située le plus haut, à côté du cimetière. Elle était encore là ce matin, elle vient presque tous les jours. En montant la petite rue tout droit, vous y arriverez sans problème !

Dans son enthousiasme, Françoise poussa presque Bau dehors. Il faisait un noir d'encre. Hésitant, il gravit le sentier. Dans une pièce éclairée d'une lumière jaune, il vit un couple assis devant un poste de télévision. Une famille était à table, un homme lisait le journal sous un lampadaire. La rue était déserte.

Une petite voiture stationnait tout contre la maison. Bau regarda à l'intérieur : un sac à commissions, un parapluie sur la banquette arrière, un fouillis indescriptible et des cartes routières sur le sol. Il détourna rapidement la tête. Sur la large porte de bois, ne figurait aucun nom. Il y avait une boîte aux lettres et une sonnette, mais il tourna le coin et trouva l'entrée du cimetière. Il ouvrit prudemment la grille. Il y avait de la lumière aux fenêtres arrière de la maison. Bau jeta un regard furtif à l'intérieur et vit de la vaisselle, un égouttoir et un petit bassin rouge.

Effrayé, il passa son chemin et se cacha derrière les stèles. Il s'enfuit tout au bout du cimetière, à l'endroit où la clôture de pierre bordait le terrain vague qui s'étendait au-delà. Là, il se retourna. Il vit un balcon orné de fleurs bleues plantées dans de grands pots. Portes ouvertes donnant sur une pièce éclairée. Lentement, il se dirigea vers la maison. Puis, plus vite, à grands pas, trébuchant entre les dalles funéraires, heurtant du pied des pierres et des vases, comme s'il voulait se précipiter dans la chambre en criant qu'il était là.

Une chaîne de fer lui battit les tibias, il jura, faillit tomber et s'assit haletant sur une pierre tombale.

# 30

Un journaliste était venu, un jour, tout exprès d'Amsterdam pour réaliser un reportage sur elle. Elle avait accepté parce qu'il était gentil et savait écouter. Il avait constaté, à son grand étonnement, qu'elle n'avait pas de piano. Ne pas pouvoir jouer, n'était-ce pas pour elle une terrible privation ?

Ce n'est qu'après son départ que Dora put y réfléchir calmement. Une privation ? Non. À peine. Les premières années passées dans ces montagnes avaient été si occupées par l'installation de la maison, l'exploration des environs et le régime imposé par la maladie qu'elle n'avait pas ressenti de privation. Elle avait connu le soulagement de pouvoir enfin réfléchir, lire des livres et écrire des lettres. Elle avait cultivé et entretenu les fleurs bleues du balcon. Lorsqu'elle voulait de la musique, elle écoutait la radio ou lisait une partition. Elle avait en mémoire tout son répertoire, de sorte qu'elle pouvait se passer un morceau en tête quand elle le souhaitait. Si elle avait un doute, elle cherchait la réponse dans l'armoire à musiques. Était-ce là une privation ? Elle n'aimait pas écouter des morceaux pour piano, elle préférait les œuvres orchestrales ou la musique de chambre, c'était bien ainsi. Cela provenait-il d'un insoutenable désir de jouer du piano ou de l'édifice de souvenirs et d'associations lié à son répertoire pianistique ?

C'était sans importance. Elle avait acheté un Bösendorfer qui se trouvait ici, dans sa propre pièce avec balcon. Bien sûr, elle avait langui. Son corps avait eu des désirs, le bras gauche voulait jouer une basse répétitive, sur de larges accords, avec l'épaule, le coude et le poignet. Le bras droit aspirait à un passage d'octaves ascendantes et sautillantes, à la fin duquel son mouvement resterait suspendu très haut, dans l'air.

Le sentiment le plus violent était la nostalgie du premier accord. S'asseoir. Sentir son dos et ses épaules. Enfoncer la pédale de droite pour que les cordes, libérées, attendent de vibrer ensemble sous la caresse des marteaux. Les mains planaient au-dessus du clavier, portant déjà l'accord en elles, les doigts avaient conscience de leur position et de leur poids, ils désiraient ardemment l'ivoire et l'ébène, leurs extrémités aspiraient aux touches. La descente. Le son qui monte. La porte de la musique est ouverte.

Le carré éclairé de la fenêtre ressemble à un portrait de femme assise. Elle joue : une basse traînante et, au-dessus, une mélodie ondoyante. La musique se répand dans le soir, se déforme au-dessus des toits des maisons et se perd dans la vallée. L'homme assis sur la pierre écoute. Ses mains pendent entre ses jambes telles deux bêtes blanches fatiguées. Il a tourné la tête vers la fenêtre, on dirait qu'il veut humer et goûter les sons. Goulûment, il aspire la musique. Il connaît le morceau, Bach, mais quoi, le *Concerto italien*, peut-être, magnifique. Il voit la femme pencher le buste pour les notes basses, incliner parfois un peu la tête pour mieux entendre la mélodie, qu'elle interrompt brusquement.

Une lumière argentée tombe sur le cimetière et le balcon. Sourde et resplendissante, la lune est suspendue au-dessus des sommets escarpés et de la sombre vallée.

7743

Composition Chesteroc Ltd
Achevé d'imprimer en France (Manchecourt)
par Maury-Eurolivres
le 9 septembre 2005.
Dépôt légal septembre 2005. ISBN 2-290-33339-5

Éditions J'ai lu
87, quai Panhard-et-Levassor, 75013 Paris
*Diffusion France et étranger : Flammarion*